「改訂版　小説・コント55号」

山中伊知郎

山中企画

改訂版　小説・コント55号＊目次

序　章　昭和三十七年・浅草

これは、繰り返し訪れる挫折を経て、若者たちの夢が現実になり、大きな実を結ぶまでの物語だ。だから当然、ファーストシーンは、夢を語る若者の姿から始まる。

時は、昭和37年秋。場所は浅草六区の興業街の一角にある「ブロンディ」という喫茶店だ。1階、2階合わせて150席はある大きな店内は、午後になると、近所のストリップ劇場に出ている芸人や踊り子、それに地回りのヤクザの休憩場所として、あらかたの席が埋まってしまう。カタい勤め人の客はまず皆無だ。

その2階、チェックのシャツ姿で、隅っこのいつもの席に腰をおろした若者は、1杯50円のコーヒーをうまそうにすすりながら、熱っぽく、何度も同じ言葉を繰り返していた。

「田畑さん、オレは日本一のコメディアンになるよ。エノケンさんにも、藤山寛美さんにも負けない日本一のお笑いを作る」

彼は、すぐ向いにあったストリップ劇場・フランス座に出ている無名のコメディアンだったのだ。聞かされる田畑俊二もまた同僚のコメディアンだ。

またいつもの雲をつかむような話が始まった、と呆れている田畑。口には出さないが、親しいだけに、その表情にありありと出てしまう。

するとすかさず若者は、

「あ、そんなの無理だと思ってるでしょ」

鋭く指摘してくる。なぜかこの若者、芝居はあまりうまくないのに、相手の仕草や表情を見て、ズバリ考えていることを当てるのは異常にうまいのだ。

「いや、別にそういうわけじゃないさ」

「いんだ、いんだ、誰だって無理だと思う。そのくらいオレにだってわかってる」

まだ少年の幼さが残る顔をこわばらせ、若者は眉間のシワを右手の親指と人差し指でつまみながら、少し黙り込んだ。これは若者が考えている時に必ずやるクセなのだ。やがて、ようやく結論に達したかのようにつぶやいた。

「でも、オレはやるよ。必ず日本一になる」

どうせ誰も本気で聞いてはくれない。だからこそ、同じフランス座の仲間で唯一心が許しあえる田畑にだけ話しているのだ。

本当は誰にも話さずに、心の奥底にしまっておいた方がいいかもしれない。でも話さずにはおれない。エノケンでも寛美でも、浅草の先輩の渥美清や、その頃大人気だった脱線トリオでもない、新しい笑いを作って日本一になる、この熱い想いを誰かに語っておかないと、体内の温度が上がりすぎて、そのうち体が爆発してしまうかもしれない。

若者は信じていた。自分の夢が必ずかなうことを。世の中で信じているのは自分だけだとわかってはいたが、信じていた。根拠はまったくないが、信じていた。

「オレなら、やれる」

若者の名前は萩本欽一。21歳の秋だった。

○

とりあえず、彼の夢がどれくらい無謀なことだったかを説明しておこう。

彼のいた浅草六区興行街はすでに落ち目だった。

東京も盛り場が増えたのだ。何も浅草まで来なくても、渋谷や新宿や池袋や、手近で新しい遊びがいくらでもできる街が生まれたし、それらの街と比べると、浅草はどこか汚らしいイメージだった。六区街に行くと毒々しいストリップ劇場の看板が立ち並び、若い女のコと一緒に歩くのもはばかられる。裸女の絵とともに「尺八とハモニカ」なんてタイトルが堂々と飾られてあって、近くの国際劇場に出ていたＳＫＤ（松竹歌劇団）の女のコたちは、六区にさしかかると、目をつぶって走って通り抜けたくらいだ。

だが、決定的なダメージを与えたのは他でもない。テレビだ。

昭和28年に産声を上げたこのメディアは、わずか10年で全国1千万台を超え、映画や劇場に決定的な打撃を与えつつあった。わざわざ映画館や劇場にまで行かなくても映画も芝居も見られる時代になっていたのだ。それと時を同じくして、映画館や劇場が30軒あまり建ち並ぶ浅草六区の興行街にも人々の足は遠ざかっていく。

しかもテレビは観客だけでなく演者も浅草から奪っていった。

若い女のコが決して見にくることのないストリップ。だが、かつてのストリップ劇場は、ただ女の裸を見せるだけが売り物の、ギラギラした欲望産業そのものではなかった。踊り子のショーと並んで1時間程度のコメディを見せたり、ショーの幕間にコントを入れたり、今のテレビのバラエティ番組などよりもよほど質の高いバラエティ・ショーを繰り広げていたのだ。そして、若いコメディアンたちはその舞台で鍛えられて、一人前になった。佐山俊二、八波むと志、南利明、長門勇、渥美清、谷幹一、関敬六・・・。みんな浅草ストリップで腕を磨いた人たちだった。そして、み～んな浅草を去ってテレビに行き、売れっ子になった。テレビを野球の一軍としたら、浅草は二軍だったのだ。

だが、30年代も後半にかかると、浅草はもはやテレビを目指すコメディアンにとって、二軍ですらなくなっていた。とりあえず浅草で修業を始めて、見込みがあれば有楽町の日劇ミュージックホールあたりで使ってもらい、さらに巨大な日劇で客を沸かせ、「イケる」となって初めてテレビの仕事をもらえる。つまり浅草は三軍から四軍なのだ。

芸能界の底辺。が、その底辺・浅草の中にもさらに底辺があった。

フランス座というと、コメディ通の人たちの間でも、渥美清や谷幹一などを生んだ軽演劇の名門として知られている。でも、それはあくまで初代フランス座の話。昭和34年、それを壊してビルを新築する際、1階には、そのフランス座の規模をそのまま残す東洋劇場という小屋を入れ、4階に2回りも3回りも小さい劇場を作って、新たにフランス座と名付けたのだ。

つまり、「コメディ界の名門」フランス座の正統な後継者は東洋劇場であり、欽一のいた新しいフランス座は、その付録。底辺の底辺。

300余りの客席があり、回り舞台の設備まであって本格的なレビューも見せられる東洋劇場に比べ、客席は半分以下、舞台と、デベソと呼ばれるストリップ用の張り出し舞台だけがついているフランス座では、出演者や踊り子の数も違えば、客や世間の注目度も違う。

東洋劇場に入門しながら、1年ほどのドサ回り修業の後、会社にフランス座に移れ、と言われた欽一はさしずめサラリーマンでいう「左遷」だ。そんな人間が「日本一のコメディアンになる」なんて夢のまた夢。モグラが月を見つめて「あーあ、あそこに行きたいな」と言ってるようなものだった。

○

相変わらず欽一と田畑は、出番待ちのひと時を喫茶店「ブロンディ」の2階で過ごしている。窓から見える昭和37年の浅草六区街は、昼間でもめっきり人通りは減っていた。

「でもさ、欽ちゃん、会社もビデぇよな。何でオレたちがフランス座なんだよ。東洋劇場の方に戻してくれたっていいじゃねーか」

今度は田畑がグチりだした。もちろん田畑も気心が知れている欽一が相手だからこそしゃべっている。

「いいじゃないか。まだやれるところがあるんだから」

欽一は、半ば本音、半ば自分に対する慰めで答えた。

かつて、こんな経験があったのだ。東洋劇場時代、欽一が風邪を引いて舞台を休みたい、と支配人に申し出た時、支配人にこう言われた。

「いいよ。ずっと休んでな。出たくて待ってるコメディアンはまだ660人いるんだ！」

欽一にはどんな根拠があっての「660人」かはわからない。でも、要するに支配人が「代わりはいくらでもいる」と言っているのは痛いほどわかってる。そして、見込みがあるとなれば、後輩でもどんどん先輩を押しのけておいしいチャンスを与えられる。

実はすでに、欽一は後輩のひとりに追い越される悲哀を味わっていた。東洋劇場に欽一の半年遅れで入ってきたその後輩は、特徴のあるダミ声と明るい芸風でたちまち若手のトップにのし上がり、欽一がフランス座でくすぶっているのとちょうど同じ頃、東洋劇場の花形コメディアンとして浅草で圧倒的人気を誇っていたのだ。

誰あろう、その後輩とは後に「ゲロゲーロ」漫才で売り出す青空球児だった。

欽一だって腹立たしい。「日本一」を目指している自分が、後輩にも遅れをとって浅草の底辺にあまんじている現状に。このままでは、エノケンや寛美に並ぶどころか、無名の、その他大勢の浅草芸人のひとりとして埋もれてしまうかもしれない。かもしれないどころか、その確率の方がずっとずっと大きい。夜、寝る前にフッとそんなことが頭に浮かび、焦燥感にもだえ苦しむ時もある。

だが一方で、「自分はまだ舞台に出ている。まだ可能性はある」というのが、彼にとっての大きな救いでもあった。

「欽ちゃん、そろそろ時間だぜ」

「ああ」

「ブロンディ」を出たふたりは、すぐ向かいにある東洋興業ビルに入っていく。エレベーターで４階に上がれば、そこがフランス座だ。

舞台の裏側にある楽屋口に回っていくと、入ってすぐに男の楽屋、その先に踊り子さんたちの女楽屋がある。女のコが裸で着替えるのが外に見えたらマズい、というのだろうか、窓が曇りガラスになっているのがいかにもストリップ劇場らしい配慮だ。

男楽屋は、ほんの４畳半ほどの座敷に、常時４〜５人の出演者たちがいて、メイクや着替えをやっている。

出入り口に近い手前側に田畑と欽一が座り、奥には彼らが来る前からフランス座の座長、副座長格だった二人の男が座っていた。

一番奥の座長格・阿部昇二はすでにコント用のマゲ物の衣装に着替えていた。この道30年、浅草は戦前のオペラ館時代から知っているベテランコメディアン。かつて小柄な体を目一杯使って飛び回り、派手に張り倒されるのを売り物にしていた肉体派だった。昭和37年当時はさすがに動きも少なくなっていたが、相変わらず張り倒されるシーンでは大きな笑いをとっていた。

そしてもうひとり。副座長格として、目が細く、一見するとタヌキかアライグマのような顔の男がいた。28歳という年の割にやや老けて見えるのは、恐らく芸能界での長い下積みの苦労ゆえだろう。楽屋着ともいえる浴衣姿から、ちょうど背広姿のサラリーマンの衣装に着替えているところだった。

この男、歌手を目指して郷里・鹿児島から上京。だが、なかなかデビューのチャンスがなく、やむなくコンビを組んで漫才師に転向。ロックンロールがハヤっていたことから「内藤ロック・安藤ロール」と芸名をつけ、「安藤ロール」としてお笑い界での売り出しをはかった。が、まったく売れない。ちょうどそこへ、所属していた事務所の先輩だった阿部昇二から「フランス座でやってみないか」と誘われ、今度はコメディアンとして再出発したばかりだった。

言うまでもない。この安藤ロールこそ、後の坂上二郎だ。

○

欽一が「左遷」でフランス座にやってきたとするなら、坂上は歌手、漫才師で芽が出ず、最後のチャンスとばかりにやってきたところがフランス座だったのだ。

どちらも土壇場、土俵際、剣が峰。

それだけに剣が峰で必死に踏みとどまろうとする阿部・坂上の絆は深く、後から入ってきた欽一・田畑への対抗意識は強烈だ。しかも、親会社の東洋興業側からは、阿部・坂上と欽一・田畑はほぼ同格の扱いで、と言ってきてるから、ますますカチンと来る。「芸の世界じゃオレたちのがずっと先輩じゃないか」との頭があるからだ。坂上にしても、芸の世界に入ってほぼ10年。それに比べると、欽一はまだ3年半でしかない。

一方の欽一たちの側にも、「阿部さんはともかく、安藤ロールよりもオレたちの方が浅草では正統派だ」との気持ちがある。池信一、東八郎と、東洋劇場が誇る浅草芸人の下で修業をした自分たちが、歌手からの転向組の風下には立てない、と。

それともうひとつ、欽一には阿部・坂上の二人にどうしてもガマンならないことがあったのだ。

下ネタだ。

阿部はやや勢いの衰えたベテランコメディアンの常で、どうしても下ネタを多様したがる。「オ○○コ」「チ○コ」などといったそのものズバリの言葉もしばしば使って、客の笑いを取ろうとするのだ。

坂上はそこまで露骨にはやらないものの、決して下ネタは嫌いではない。自然、ふたりの掛け合いは

どんどんHに流れていく。関係者の間でも、

「阿部さんも安藤ロールも汚れ過ぎだよ」

などとささやかれていたぐらいに。

これが欽一には耐えられなかった。ドサ回りで、時には下ネタを使わないと客を引き寄せられないという呼吸は会得したものの、基本的に彼は下ネタは嫌いだった。というより、どこか男と女のことについては「純情」だったのだ
かつて、東洋劇場の修業時代に、こんなエピソードもある。

その「純情」な欽一をからかおうとして、あるイタズラ好きな台本作家が仕掛けをした。舞台はマゲ物、つまり時代劇で欽一の役は岡引き。その中で、「おまん」という町娘との掛け合いを入れ、「おまん」に対して「こっちへ来い」「ここにいろ」などと、つなげて読めば「お〇〇こ」になるようなセリフをわざと入れたのだ。

これが欽一には言えなかった。「純情」で言えないだけでなく、こんな言葉を舞台上で言って笑いを取るのはおかしい、という気持ちもあった。稽古で言えないまま、半べそで立ち往生していたのを助けてくれたのが座長・東八郎だった。

「いいよ、そんなセリフ。いわなくてもいい！」

東八郎もまた、純粋浅草芸人のプライドを持っているひとりだったのだ。

「そりゃ、一度は下ネタを使ってお客さんを引き付けるのはいい。でも使うのは一度だけだ。お客さ

んは面白いから下ネタで笑ってるんじゃない。恥ずかしくて笑うしかないから笑ってるんだ。そんな手はまっとうなコメディアンなら二度三度は使わない」

ただ、その点については、阿部・坂上側も言い分はある。

「お客さんはあくまで日頃のウップンを忘れるためにやってきているわけで、それを晴らしてあげるには下ネタをたくさん使って笑わせてあげるのもいいじゃないか」

どちらが100％正しくて、どちらが間違いではない。考え方の違いだ。とにかく下ネタに対する姿勢ひとつとっても、欽一・坂上の間には大きな隔たりがあったのだ。

また、阿部昇二が下ネタジョークをいうと、坂上がしばしば客と一緒に笑い出す、つまり「吹いちゃう」のも欽一としてはガマンならなかった。コメディアンが舞台上で「吹く」のは恥、客を笑わせる前に自分が笑うのは最低、とされていた時代だ。

「所詮あの人はお笑いはシロートなんだ」

と切り捨てるしかなかった。

もっとも、芸の幅となると、これは圧倒的に坂上の方が広い。踊れるし、歌えるし、声の張りもあって、演技も派手だ。長年、歌手のショーやキャバレーで鍛えただけあって、目の前の観客にどうアピールしたらいいか、のコツを心得ているのだ。だから坂上の方から見ると欽一は、

「ロクに芸のないシロートみたいなヤツ」

になる。お互いがお互いを認めていないのだから、話のしようもない。だから楽屋ではまったくしゃ

べらない。

互いに完全無視。

そのかわり、舞台の上では、お互いの意地がぶつかり合った。どっちも相手を食って笑いを独り占めにしてやろうと身構えていた。お笑い芸人は、所詮は弱肉強食の世界だ。まず目の前の敵をとことんまで食い尽くさなくては、自分は生き残っていけない。

互いの執念は、ほとんど狂気に近いところに来ていた。

たとえば、新婚旅行のコント。新婚の夫役の欽一が、妻役の女のコと旅館の部屋に入ってイチャツこうとするところを、旅館の主人の阿部が出たり入ったりして邪魔する、というものだが、はじめにちょこっと出て消えるだけの番頭役の坂上が、ことあるごとにソデから顔を出す。しかも、新婚夫婦のために敷かれていた布団にヒモを結び、欽一たちの芝居なんか一切関係なしに、布団を引いてソデに隠したり、また出してきたり。

客はもう、メインのはずの欽一たちの芝居なんか、どうでもいい。視線は全部坂上の方に集まってしまう。坂上にしても、相手が欽一でなかったら、ここまではしなかったろう。とにかく欽一の出番をメチャクチャにしてやりたい。

「イジメだ」

と欽一は感じた。坂上に対する憤りと、そこまでされてもやり返せなかった自分の情けなさでたまらなくなって、楽屋に戻るやいなや、彼は泣いた。さすがに声を出すのは恥ずかしかったので、じっと唇を噛みしめつつ泣いた。感情の量が人一倍多い欽一には、その涙を止めることはできなかった。が、楽屋のみんなには、すぐわかる。普段は欽一に冷たい態度をとっていた阿部昇二ですら、

「欽坊、泣くなよ。いい若いモンが泣くもんじゃない」

と慰めるほどだった。

だが、それでも坂上は欽一に一言も声をかけない。舞台は食うか、食われるか。ましてや浅草のコメディは伝統的にカッチリとした台本があるわけではない、いわゆる「何でもあり」のアドリブ重視の世界なのだ。出るからには目立った方が勝ち。負けて泣くほうが悪いのだ。欽一だって、そのルールはわかってる。

泣いたすぐ後には、この次、どうやって安藤ロールに仕返しをしてやろうかと頭をめぐらす。ひとつのことに集中すると、もう他のことは頭に入らないのが欽一の性格だった。とにかく欽一は、シツコい。

さっそく数日後にはそのチャンスが来た。

宝くじのコントだ。宝くじに当たった坂上は、換金して自分だけ使おうと、そのくじを隠す。そこへ刑事役でやってきた欽一、本来はただ「ドロボーが逃亡中なので、注意してください」と一言言って去っていくだけのはずが、「宝くじはもっと安全な場所に隠さないと」と言いつつ室内を物色し始めるのだ。

実は、自分も宝くじを見つけ出したい欽一は、「待てよ、あなたがベッドに寝ていて、下に落ちた

とすると・・・」と床にころがってみたり、「寝相が悪い人だと、この中にまで入っちゃうかも」とタンスの中を覗いてみたり。ひとりでバタバタと宝くじを捜しだす。

途中で、「もーいいですから、刑事さんは帰ってください」と坂上が声をかけても、「まー、あなたは落ち着いて」などと言いつつ、欽一は自分のペースを崩さない。結局、欽一が一人芝居をやってる最中、坂上はなすすべなくそれを眺めているだけ。

ついに20分近く、横に坂上を棒立ちにさせて、欽一は舞台上を右へ左へと動き回った。

「やったー！」

あだ討ちを果たしたとばかりに勇んでソデに引っ込んだ欽一を待っていたのは、劇場支配人のキツイ罵声だった。

「バカヤロー！　お前のヘタな芝居、ダラダラ見せられて誰が喜ぶ！」

しかし、欽一にとっては、すでに客の反応は二の次、三の次だった。「安藤ロールをつぶす」、意識はそこに集中していたから。

が、坂上もさるもの。さっさく翌日、欽一が大のヘビ嫌いなのを利用して、わざと舞台上にヘビのオモチャを投げ込み、コント中の欽一のペースを完全に狂わしてしまった。

とにかく毎日がそんなことの連続なのだ。

○

その日も、欽一は坂上に目を合わせることもなく、次の出番の準備にとりかかっていた。「ブロンディ」で飲んだコーヒーの苦さを、まだ舌の奥で味わいつつ。

ショーやコントは10日ごとに演目が変わる。そのちょうど変わり目の日。楽屋でのネタの打ち合わせは一切ない。演出家が設定だけを決めて、後は舞台の上でひとりひとりがふくらましていくのだ。ことに変わり目の日は、出来るだけそのコントの主導権を握りたいために、どのコメディアンも思い切り自分の持っているアドリブをぶつけてくる。ここで目立てないと、残り9日で挽回するのは難しい。

さ、次のシーンは欽一と坂上のカラミだ。あらかじめ演出家の指示で、ネタは泥棒のコント、とだけ決まっている。欽一が泥棒で、坂上は、盗みに入られた家の人。

いよいよ出番だ。楽屋では口もきかない欽一と坂上が舞台に上がり、「泥棒」ネタの掛け合いコントが始まる。

背中に風呂敷を背負って、一目で泥棒とわかる格好で室内を物色している様子の欽一に、ちょうど家に帰ってきたサラリーマン風の坂上がたずねる。坂上がツッコミで、欽一がボケ役だ。

「キミ、いったい私の家に何しにきたんだ?」

「あ、すいません、近所のものです。ちょっと用がありまして」

「ホー、おかしいねー、キミ、今、窓から入ってきたじゃないか。用があるんならなぜ玄関から入らないの?」

「おかしいですか? 私の生まれた村じゃ、人の家に用があると、窓から入るんですよ」

こんな出だしからコントが展開され、最後に「お前、ドロボーじゃねーか!」となるとすっぽりオチてコント終了となるのだが、ふたりの勝負ではそうはいかない。

何しろ、殺しかねないほどの関係なのだから。

突然、坂上が服を脱ぎ始めて、「あ、私、お風呂に入りたいから、さっさと帰ってくれ」と切り込めば、欽一も、「そうだ、私もお風呂に入りに来たんです」と脱ぎだす。坂上が、「だったら隣りのお風呂の方が立派だから、そっちに行ってください」と欽一を舞台からハケさせようとする。欽一もすんなりハケるように見せて、「あ、いけない、これ持って帰らなきゃ」と、風呂敷の中にあった目覚まし時計をわざとらしく落としてみせる。となると、坂上も反応しないわけにはいかない。

「おい! この時計は私の持ってる時計にそっくりじゃないか!」

やがて、ただのセリフのやりとりから、こずき合いのアクションが始まった。

「この財布は私のだ!」「いいや、オレのものだ!」「私のだったら、私のだ!」「うるさい! オレのだ!」

動きともなれば、欽一には、東八郎をはじめ、浅草の先輩たちから吸収した数多くの引き出しがある。

たとえば、まだ欽一が東洋劇場の修業時代。本番の舞台の上で、東から耳元に「欽坊、オレがドーンと背中を突くから、お前は向こうの壁に当たって戻って来い」と言われる。で、東が欽一をドーンと突き飛ばし、何ごともないように歩き出す。そこへ壁に当たって跳ね返ってきた欽一が東の背中にぶつかると、東は思わず前につんのめる。その、つんのめるタイミングの良さで客席、大爆笑。

欽一はそうやって、浅草独特の動きのコツを覚えてきたのだ。

ところが、これがまた坂上には通じない。漫才や司会で生きてきた彼には、動きのタイミングで笑わせる発想がそもそも希薄なのだ。たとえ欽一が背中をドンとついても、それでポーンと弾んで動いたりしない。「やめなさい！」とまた背中を叩き返すくらいで、結局はまた元の口を使ってのアドリブ合戦に戻っていく。

動きが使えず消化不良の欽一もイライラし、掛け合いの間が合わない坂上もイライラする。とうとうどちらもやぶれかぶれになって、

「いいからとにかく帰れ！」「いや、私は帰らん！」

ただのどなり合いになってしまう。ひたすら、自分が先に引っ込みたくないだけの意地の張り合い。お陰で、またもや5分で終わるはずのコントが延々20分、30分だ。

見ている客の方はたまったもんではない。ケンカ腰の若いコメディアンふたりのどなり合いをずーっと見せられて、いつになっても踊り子さんのショーが始まらないのだから。

もとよりウケるはずがない。

「あいつらほっといて、ミュージックスタート！！」

演出家の指示で、ようやく曲が流れ出し、踊り子の登場によって、オチも何もないままにふたりの

怒鳴りあいコントは終わった。

そしてまた、楽屋に戻ったふたりは、もちろん目を合わすでもなく、タオルで汗をふきながら、メイクを直す。

「あんまりやり過ぎるなよ」

阿部の言葉に軽くうなずきながらも、坂上にはこれからも欽一に手心を加える気なんてサラサラない。欽一も、それは同じだ。

昭和37年のフランス座。コント55号はまだ実体としては影も形もない。ただ、芸能界の底辺でうごめきつつ、真剣に、ムキになって相手を食いつぶそうとアドリブを飛ばしあうふたりの若者がいた。

第1章　ビンボー脱出を目指して

昭和16年東京の台東区稲荷町で６人兄弟の三男坊として生まれた欽一は、子供時代、ビンボーとはまったく無縁の生活の中にいた。父親は、カメラ工場の社長として大成功し、上野、神田、日本橋、銀座に次々と店を出して繁盛させていた。そのままいけば、欽一は「萩本さんチのお坊ちゃん」で豊かな青春時代を送れたはずだったのだが・・・。

やがて欽一が小学校５年の時、父が新製品を売り出して大失敗、莫大な借金を残して会社をツブした。しかも、借金取りから逃れるために家にもいられなくなり、やがて母以外の別の女性と暮らし始めた。

ビンボー、さらには家庭崩壊。

欽一の母は、毎日、家にやってくる借金取りに頭を下げる生活を強いられながら、それでも一度も家を離れた夫に対する恨みやグチを口にしなかった。

中学の頃、欽一が少しでも生活費の足しにするために新聞配達を始めると、「お前まで働かせてすまないねえ」と言いつつ、必ず欽一より早く起きてお茶を出し、見送ってくれたのも母だった。彼にとって、「家庭」とは即ち、「母のぬくもり」であり、大人になってからも、彼は「母」を感じさせてくれる女性に惹かれていく。

コメディアンを志したのも、新聞配達と同じ中学の頃。苦しいビンボーのどん底から脱出したい一心からだ。

クラスのみんなを笑わすのが得意で、「自分にはお笑いの才能がある」と思い込んでしまった彼は、有名な落語家や漫才師、コメディアンの家を見比べて歩いた。すると、落語、漫才の人よりも、コメディアンの家の方が明らかに大きくて立派だ。

「よし！　これでいこう！」

結論が出れば、躊躇なく、ストレートに行動するのが欽一の性格だ。さっそく当時、浅草で一番人気があったデン助こと、大宮敏光のもとに弟子入りを申し込む。

デン助、といっても、50代以下の方々はピンと来ないかもしれないが、彼は昭和30年代から40年代にかけて、日本中を沸かせたコメディアンだったのだ。トレードマークはハゲ頭にドングリまなこ、そのハゲ頭を揺らして歩く姿が子供たちに大ウケで、デン助の舞台中継はＮＥＴ（現在のテレビ朝日）の人気番組のひとつにもなっていた。内容は、お調子者だがキップがよくてめっぽう気がいい江戸っ子・デン助が巻き起こす笑いと涙の人情喜劇、と一言でいうとそうなる。つまり、当時の下町ならどこにでもいそうな名物オジサンを凝縮してひとつのキャラクターを作り、それが大成功したわけだ。

そのデン助劇団のホームグラウンドが浅草六区の松竹演芸場だ。渥美清や谷幹一らが浅草を去ってテレビに行ってしまった後、六区はほぼデン助の一人天下になっていた。つまり、浅草にほど近い稲荷町生まれの欽一にとって、デン助は最も身近な大スターだった。

が、ことはそうはトントン拍子にいかない。

デン助は会ってはくれたものの、こう言って欽一少年の申し出を断った。

「中学出ただけじゃ、台本を理解して芝居するのは大変だ。せめて高校出てからおいで」

あるいは、本当のところは定員一杯で、ていよく追い返す口実としてこんな言葉が出たのかもしれない。人気者・デン助のもとには、毎日、引きも切らさず入門志願者がやってくるのだから。

しかし、欽一は信じた。真っ直ぐに信じた。率直さこそ彼の持ち味なのだ。

高校に行かなくては一人前のコメディアンになれない。かといって家には息子を高校に行かす金はない。そこで彼は、アルバイトで自分の学費を稼ぎながら高校に行った。弁当を持ってこようにもその余裕もなく、昼休み、他の生徒が弁当を食べている時は、いつもひとり校舎の屋上に上がって、空に向かってこうつぶやいていたという。

「高校出たら、コメディアンでエラくなるぞ！　それで天丼でも寿司でも、好きなものを腹一杯食うぞ！」

欽一は待っていた。テレビの青春ドラマのように、一緒に屋上に上がってきてくれて、

「くじけるんじゃないぞ、萩本。とりあえずオレの弁当を半分やるから、喰え」
と言ってくれる先生が現われることを。だが、3年間、ついに一度もそんな先生は現われなかった。現実はドラマのようにはいかない・・・。

ようやく高校を出て、また浅草に欽一はやってくる。今度こそデン助劇団に座員として入れてもらうために。ところが劇団の関係者に聞いたら「相変わらず志願者が多くて、たぶん門前払いだろう」という。こら弱った、と立ち往生していたところを助けてくれたのが、劇作家で浅草の小屋でも台本を書いていた緑川士朗だった。緑川は欽一の父親の知り合いで、3年前、欽一をデン助に引き合わせてくれたのも彼だったのだ。

「どうせなら、デン助劇団よりも東洋劇場に行きな。あそこならボクも台本書いてるから、入れてあげられるし」

欽一としても異存があるはずがない。

東洋劇場が、かつてのフランス座で、渥美清などを輩出したコメディー界の名門なのは、彼だって知っていた。

もっとも、喜び勇んで入ってはみたものの、まずは雑用係。先輩にお茶を出したり、先輩がメイク落としに使うガーゼを洗ったり、「ボーヤ、タバコ買って来て」と踊り子さんに頼まれれば買って来たり。要するにパシリだ。ただ、パシリでもどんどん舞台にあげるのが浅草のいいところ。入ってすぐ、セリフが2つもある役を与えられたのだが・・・。

「あ、あのあのあの・・・」

舞台に立った途端に、心臓はバクバクいうわ、顔は真っ赤になるわ、足はガッタンガッタンふるえるわで、肝心のセリフがまったく出てこない。一緒に出ていた先輩役者に「お前はこう言いたいんだろ」とフォローしてもらって、ようやくその場はおさまった。

まったくしょうもない。コメディアン志望のくせにあがり症で恥ずかしがり屋なのだから。体重150キロの人が「ボク、走り高跳びの選手になりたい」と言ってるのと同じだ。

それも初舞台だけならまだイイ。彼の場合は、その後、３カ月たってもあがり症が直らない。ガマンして使っていた演出家も、いい加減、ガマンが切れた。

「なあ、欽坊、普通、コメディアンになりたいって入ってくるヤツは早くて１週間、遅くったって３カ月もあればそれなりにコメディアンらしくなるもんだぞ。お前、ぜんぜんダメだもんな。この世界はムリだよ」

言われてしょんぼりしているところへ、舞台の大先輩、欽一が「師匠」として崇めていた池信一がやってきた。

「どうした、欽坊」

「演出家の先生が才能ないからやめろって」

「お前はどうしたいんだ？」

「石の上にも３年ていいますし、ダメでもともと、３年くらいはやりたいです」

「そうかい。だったらオレから話してやる」

そういって池は演出家に掛け合いにいってくれ、欽一はクビにならずにすんだ。しばらくして、その演出家から欽一はこう励まされた。

「お前、コメディアンとしては才能ないけど、何かあるかもしれない。池さんがオレのところに来て、『あいつ、置いてくれ』って真剣に頼むんだよ。『あんなに気持ちよくハイッて返事する若いヤツは見たことないから』って。芝居はともかく、お前は芸能界ってところで生き抜く才能があるかもしれないから、その精神を忘れずにとことんやれ」

ハイッと元気よく返事をするのは、高校時代3年間のレストランのバイトでさんざ鍛えられたものだ。欽一は、それ以降、前にも増して大きな声で「ハイッ!」と返事するようになったのは言うまでもない。

返事の良さ以外で、まわりが欽一を認めていたことが、もう一つだけあった。自分の出番以外はいつも舞台ソデにいて、先輩や仲間たちの演技をジッと見ているのだ。

だからこんなことを言う人もいる。

「欽坊は芝居はヘタだけど、他人の技を盗むのはうまいよ。アズ八さん(東八郎)や田畑俊二の動きやしゃべり方をそのまんまコピーするからね」

職人と同じで、コメディアンも芸は盗むものといわれた時代。欽一の行為は、決して非難されるものではない。後に、彼のトレードマークになった「欽ちゃん跳び」や「欽ちゃん走り」は、みんなこの浅草時代に盗んだ動きが基本になっている。

○

一方の坂上二郎。彼の芸能生活は、欽一以上の挫折と屈折に満ちていた。

昭和9年鹿児島生まれの坂上は、子供の頃から歌が上手。近所で開かれるノド自慢に出ては賞品をかっさらってくる「ノド自慢荒らし」で、小学校の頃から、「いずれは歌手になりたい」と決心、19歳の時に夢をかなえるべく、上京した。懐には4千円、手には母親が「東京についても雨だったら困るから」と渡してくれた番ガサ1本持ったきりだった。

ところが、いくら東京に出てきたからって、そうは簡単に歌手への道が開けるわけではない。とりあえず恵比寿の「梅屋」という和菓子屋に就職はしたものの、ビンボーで、きょうの飯代もない。で、思い余って考えた手段が、自分の使っているパンツ3枚を質屋にもっていって、お金を借りることだった。

今なら、「そんなの質草にはならない」とつっかえされるのがオチだが、さすがに昭和28年ごろの質屋のご主人はイキな人が多かった。「はいよ」とパンツをあずかってくれて、50円貸してくれたのだ。坂上はそのうち10円でコッペパンを買い、あと10円で知り合いの店でラーメンのツユだけ飲ましてもらい、残りの30円で映画を見た。ちょうど放送が開始されたばかりのテレビなんて、もとより見るチャンスもない。

その後も歌手への道ははるかかなた、職を転々とする生活が続き、お寺の軒下で三日三晩、飲まず喰わずで野宿までしたこともある。ようやく芸能界へのとっかかりをつかんだのが昭和30年頃だ。浅草にあった「三幸芸能社」という事務所に、事務員兼歌手として入社したのだ。郷土の先輩の紹介だった。ただ、歌手といっても、歌うのは民謡酒場で、しかも落語家や漫才師の前座。とても一人前とはいえない。

このままじゃいかん、と旅まわりの一座にも加わってみたが、将来への展望はまるでみえない。途方にくれていたところに、「水車プロ」という芸能プロダクションにいた知人がたずねてきた。

「青木光一さんが九州を巡業して歩くんだが、そのカバン持ちをやってみないか」

青木光一といえば、当時は『柿の木坂の家』をはじめ、ヒット曲を連発している売れっ子歌手。そういう人についていけば、喰いっぱぐれはないし、本格的歌手デビューをするにもプラスになるかもしれない、坂上はすぐさまOKする。

ところが、いざやってみたら、カバン持ちといっても、並の重さではない。衣装から譜面からいっぱい詰まった、ひとつ何十キロもあるジュラルミンのケースを2つも3つもかついで、駅の階段を駆け上がったり、降りたりするのだ。しかも、会場についたらついたで、壁が汚れていたら白いキレを壁にクギを打って張りつけたり、衣装にシワがよっていたらアイロンかけたり。その上、舞台上でも、マドロス姿の青木光一に難クセをつけてあっさり投げ飛ばされる役をやらされたり。

で、「こんな重労働じゃ体がもたない」と1カ月でやめて、当時下宿していた浅草に戻ってみたら、そこが焼けてなくなってる。やむを得ず、また引き返して、結局、青木光一の付き人を1年以上続けることになった。

とりあえず、芸能界の一番後ろにはひっかかったものの、歌手への道は遠い。そのままいけば、いずれは芸能界とのわずかな取っ掛かりは途絶え、夢は夢のまま終わってしまう。どういう形であれ、まず有名にならないと、と始めたのが漫才だった。

青木光一の専属バンドのベース弾きで、須藤という人がいる。この人がお笑い好きで、青木の舞台のコントにちょこちょこ出ている坂上に目をつけ、「一緒に漫才やろうよ」と声をかけてきたのだ。エルビス・プレスリーを筆頭にロックンロールが花盛りだったのもあって、つけた名前が「内藤ロック・安藤ロール」で「ロック&ロール」。

芸名は勢いがあるが、掛け合いに勢いがないのがこのコンビの弱い所。当時のふたりのネタを見た関係者いわく、

「どこで笑っていいのかわからない漫才」

ただ、それでも青木光一だけでなく、島倉千代子や霧島昇など、一流歌手といわれる人のショーの司会をこなしていたのだから、どこか見所はあったのだろう。

とはいうものの、売れないままクスブッていたら、嫌気がさすに決まっている。どちらからともなくコンビは自然消滅で、坂上は単独でキャバレーの司会などをして稼ぎ始めていた。そこに声をかけ

たのが、「水車プロ」で先輩に当たる阿部昇二だったのだ。
「どうも、お前の動きとか見てるとコメディアンに向いてる気がする。一緒にフランス座でやってみないか?」

渡りに船。坂上が即座にうなずいたのは言うまでもない。

実際、彼の芸能人生を振りかえってみると、こういうケースが実に多い。メが出ず、もはや芸能の世界では生きられないギリギリのところに差し掛かると、なぜかどこからか救いの手が差し伸べられるのだ。青木光一の付き人の話も、漫才の時も、そしてフランス座に入る時も。ある意味、幸運の星の下に生まれた人物というべきか。

しかし、昭和37年当時の本人に、「自分は幸運」なんて自覚はあろうはずはない。歌手になるつもりが心ならずもお笑いの世界に入って、それでもこの道で喰っていこう、と必死だったのが実情だ。

坂上に、他人を思いやる心の余裕はなかった。歌手、漫才とうまくいかず、コメディアンは芸能の世界で生き残る最後の砦だったのだから。もし相手が欽一でなくても、彼は後から来た人間には舞台上で強烈な「イジメ」を行ったことだろう。石にかじりついてでも、自分だけが残らなくてはならない。28歳。もう若手としては瀬戸際の年令なのだ。

フランス座がハネるのが夜の９時。それが終わると、風呂に入って帰るのも、キャバレーで余興のアルバイトをするのも、飲みに行くのも自由だ。酒が得意でない欽一は、だいたい劇場のすぐそばにある映画館に入って、最終回の１本を見て帰る。フランス座と同じ東洋興業が経営している館が何軒もあり、そこなら社員証を見せると無料で入れるのだ。

単なる娯楽ではない。演技の勉強にもなるのだ。

当時、爆発的な人気を誇っていた小林旭の『渡り鳥』シリーズなら、彼はまず悪役の演技を見る。やや猫背がかって、うつむいて、上目使いで相手を見る。「ああ、ああすると、いかにも悪そうに見えるんだ」。東映時代劇なら、たとえばお殿様の演技を見る。胸を張って、ややセリフを朗々と謳うように語る。「ああ、ああするといかにも鷹揚で上品そうに見えるんだ」。

だが、何にも増して、彼に強烈な印象を残したのがチャップリン映画だった。初めてチャップリンの第1回長編映画『キッド』を見た時の感動を、彼はずっと忘れることができない。

貧しいガラス屋が捨て子を拾ってしまい、最初はいやいやながら、でもやがて情が移って本当の子供のつもりで5歳まで育てたところで、捨てた母親が歌手として成功し、ふたりの前に現れる・・・。ストーリーだけ見るとベタベタな人情喜劇なのだが、その細部の描写が実になんとも心憎いのだ。

焼いたパンケーキの数が奇数だったので、うまく二人で分けられない。そこで1枚を半分に切って平等に分ける朝食シーン。わざと子供が近所の窓ガラスを石を投げて割り、後からガラス屋のチャップリンがしっかり直して代金をもらう親子グルのインチキ商法のシーン。実の母親が名乗れないまま子供にヌイグルミを与え、子供が「おばさん、ありがとう」と無邪気に喜ぶシーン。すべてに、生活感に裏付けられた笑いと涙があり、人間のもつおかしさと哀しさが込められている。旅芸人の子として生まれ、社会のはみ出し者として育ったチャップリンだからこそ描ける社会の底辺の哀感があった。

欽一にもこの世界がわかるのだ。

父親の事業の破綻でビンボーのどん底に落ちた欽一にとって、『キッド』のチャップリンも、子供も、子供を捨てていった未婚の母も、みんな自分たちの「仲間」だったのだ。

だが、感動の後に、寂しさがこみ上げてきた。自分はなぜ、ああもチャップリンとは違うのだろう。確か20歳を過ぎた頃には、チャップリンはすでに一座を組み、たくさんのお客さんを思い切り笑わせていたはずだ。それにひきかえ、オレは！

違いすぎる。

彼は、浅草六区から、かつて赤線・吉原のあった千束のあたりを歩きながら、ずっとそんなことを考えていた。さらに山谷を横切り、右に曲がった隅田川のたもとにあった石浜町の豆腐屋が、その頃の彼の住処だったのだ。

その豆腐屋の若旦那・成田達男がめっぽうお笑いが大好きで、偶然、欽一の舞台を見た時、ロビーで彼が住む場所がなくて困っているのを知った。当時の萩本家は、このまま家族全員がどん底生活を続けていてもしょうがない、と、みんながバラバラに暮らすことになり、欽一は住む場所を捜してい

たのだ。ところが、たかが日給７００円では、家賃を払ったら飲まず喰わずで暮らさなきゃならない。聞いていた成田、

「じゃ、オレんとこにおいで。タダで住んでいいよ」

「エ、ホントですか？」

「どうせ倉庫みたいな部屋だしさ」

行ったら、ホントに倉庫みたいな部屋だった。日の当たらない二階の三畳間。しかも家賃はタダの代わりに、朝は豆腐配りの手伝いをさせられるし、配達が終わって戻ってくれば油揚げの袋を開く手伝いが待っている。ていのいい住み込みのアルバイトみたいなものだったが、欽一には文句をいう資格はない。他に住む当てなんてないのだから。

昭和41年、コント55号を結成する年まで、彼はずっとこの豆腐屋の二階をねぐらにしていた。

○

欽一が、映画館で日活アクションの悪役の演技を目を凝らしてみている頃、坂上はフランス座の衣装を紺のタキシードに着替え、キャバレーの司会者に変身していた。

昭和37年当時、浅草六区とその周辺だけでも20軒あまりのキャバレーが軒を連ね、それなりに客を集めていたのだから、まだまだ「腐っても浅草」、かつての繁華街の賑わいは一応、残っていたのだろう。

お陰で、ショーがハネたコメディアンや踊り子にとって、キャバレーはかっこうのアルバイトの場だ。たとえばフランス座もある東洋興業ビルと「キャバレー新世界」は隣り合っていて、東洋劇場の楽屋口を出ると、すぐに新世界の楽屋口。そこで、踊り子たちは舞台衣装を着たまま新世界に移動し、そのままステージで踊るなんてこともしばしばだった。

コメディアンたちは、踊り子が入ってくる30分から1時間前にはキャバレーに入っている。多くは踊り子のカバン持ちのような形で、彼女たちの衣装ケースや化粧箱を手にぶら下げながら。で、踊り子の準備が出来るまで仲間と組んでコントを見せたり、前座や司会として1人しゃべりをやったり、とにかく間をもたせるのだ。要するに、コントがショーの刺し身のツマである点はストリップ劇場もキャバレーも変わりはない。

いや、たとえそうであっても、1日７００円くらいしかもらえない劇場のギャラに対して、時には千円以上のお金が手に入るキャバレーの仕事はありがたかった。

坂上にしてみれば、さらにもっと切実な事情があった。

家族持ちなのだ。すでに昭和36年に結婚して子供もおり、妻子のためにも稼がなくてはならない立場だったのだ。

ホームグラウンドは、「フランス座」にもほど近い、「ゴールデンダイス」というキャバレーだった。そこで、踊り子のショーとショーの幕間を歌やおしゃべりなどでつなぐ。浅草の店はおおむねたいした広さではない。せいぜい20坪くらいのものだ。客も20～30人も入ればいっぱいになってしまう。照明も劇場のそれに比べれば格段に劣悪で、ときたま灯りが暗くなりすぎて舞台で何やってるんだかわからなくなってしまったりもする。マイクも音が割れて、やたら聞き取りづらい。これが銀座あたりの一流店になるともっと設備もよくなって広さ１００坪単位のところも増えてくるのだが、そんなところからお呼びがかかるはずもない。あちらは、テレビで顔を知られた有名コメディアンたちが出演する別世界なのだから。坂上は、狭いステージの上に立ち、

「アテンションプリーズ！　レディース＆ジェントルマン！　さあ皆さん、きょうも張り切ってまいりましょう！」

とせめて大きな声を張り上げるしかない。客だけでなく、自分を元気づけるためにも。

だからこそ、下ネタだって平気だった。客にウケるのなら、パンツ一丁にだってなってやる！

「オレには夢なんて関係ない。どうやって女房子供を食わすか、まずそれだけだ」

坂上はどこまでも現実主義者だった。

○

楽屋入りするのでも、坂上はビシッと紺の背広を着てやってくるのに、欽一はベレー帽にチェックのシャツ、肩からカバンをぶら下げて、よく田畑に「欽ちゃん、そんなガス屋の集金みたいなカッコしてないで、もっと見た目にお金をかけなよ」と注意される始末。

出前を取るのでも、欽一は、もっぱらすぐ近くの「徳仙亭」の70円のアジフライ定食が定番なのに対し、キャバレーでも稼いでいる坂上は100円のカツどんを頼む。

どこまでも対照的な欽一と坂上だが、共通している点もあった。

酒を飲まず、おかしなクスリにもほとんど手を出さないことだ。

昭和20年代、浅草に限らず、日本中の踊り子やコメディアンたちの間で蔓延したのが、覚せい剤の一種・ヒロポンだった。劇場の楽屋にはヒロポン用の注射針が散乱し、「ポン中（ヒロポン中毒）」でないものは一人前の芸人ではない、とまで言う向きまであったくらい。戦時中、日本一の漫才師と謳われた「ワカナ・一郎」のミス・ワカナも、ポン中が原因で命を落としている。

さすがに30年代ともなると、ヒロポンは下火になっていたが、代わりにハヤっていたのがハイミナールだった。

ハイミナールは催眠薬の一種で、もちろん薬局でも売っている合法的なクスリだ。飲むと、スーッと気持ちよくなってえもいえぬ陶酔感を味わえる。しかもアルコールと一緒に飲むとさらに効きがよくなることから、ビールと一緒に飲んでフッ飛ぶのが常だった。ただし、やり過ぎると腰から下がダメになって、まっすぐ歩けない。そのため、ハイミナールを飲んだまま舞台に出た踊り子が、よく舞台から落ちていた。

麻薬、覚せい剤と比べればヒドい習慣性もなく、「芸人たちの暇つぶし」として許されるレベルのものだ。しかし、ふたりは一切手を出さなかった。坂上にとっては、クスリで遊んでるヒマがあったら家族のために稼がなきゃ、という使命感が強いし、欽一は、いつも夢を見ているような性格で、陶酔するのにクスリの助けなんていらなかったのだ。

ところが、そのハイミナールのために、欽一にとんでもない「危機」が訪れる。キッカケを作ったのは、僚友・田畑だった。彼は、ストリップ小屋のコメディアンまでやってるくせに欽一があまりに「純情」なのが気になっていた。「飲む、打つ、買うを一通りしなきゃ、芸の幅が出ない」といわれていた時代だ。女のコに対して潔癖過ぎるのも、仕事柄を考えればかえってマイナスだ。踊り子さんと付き合ってるくらいでなきゃ、一人前のコメディアンとはいえない。

また、一面では踊り子にモテることが、浅草のコメディアンが生き残るための最低にして最大の条件でもあった。毎日舞台を見ていれば、自然、踊り子たちはコメディアンひとりひとりの技術や将来性を見抜く目を持つようになる。給料を2倍も3倍ももらっている彼女たちは「この人の芸はイケる」と直感すれば、メシをおごってくれたり、飲ましてくれたり、当然のように一緒に寝てくれたりもする。つまりスポンサーになってくれるのだ。

日給７００円でギリギリの暮らしをしている男たちにとって、このスポンサーは不可欠だった。彼女たちに相手にもされないようなコメディアンは、芸人としての魅力がない、と断罪されたのと同じなのだ。

要するに踊り子たちは、顔やスタイルより芸に惚れる。難しい理屈をいうお笑い評論家よりも、ずっと素直で、研ぎ澄まされた感性をもつ「評論家」なのだ。

心配半分、道楽半分で田畑が声をかけたのが当時、東洋劇場の看板だった高峰みゆきだった。大柄で豊満で、顔立ちも日本人離れした派手な作りで、浅草全体でも一二を争う人気ダンサーだったのだ。

「欽ちゃんの面倒見てやってくれないか？」

田畑がそういうだけで、みゆきにはすぐ意味はわかる。

「いいわよ、あのコなら。まかしといて」

「初めてだから、やさしくやってあげなよ」

「わかった」

実はみゆきも、芝居はヘタだが一生懸命舞台そでで他のコメディアンの演技を研究している欽一の姿を見て、「あのコは見込みある」と目をつけていたのだ。

さて、それから田畑の「暗躍」が始まった。欽一に「みゆきさんが欽ちゃんとデートしたいっていってるから、行ってやれよ」と誘いかける。「いや、オレなんて・・・」としぶる欽一を、「何なら、オレも一緒に行ってやるからさ」と強引に腕を取るように引っ張ってきたところが、当時、日比谷公園のそばにあった日比谷インだ。ナイトクラブでは、ちょうど人気絶頂だったマヒナスターズが出演していた。

みゆきの前ですっかりカタくなってしまった欽一。しかも酒も飲めないから、リラックスのしようがない。そこで横にいた田畑、

「欽ちゃん、ノド乾いてるだろ」

と気をきかしてジュースを注文してやった。ところが、それこそ、密かに田畑がハイミナールをたっぷり入れた催眠ジュースだったのだ。

グイッと一杯飲んでしまったから、たまらない。欽一、目もウツロ、腰もフラフラ。

「じゃ、後は頼むよ」

と田畑はさっさといなくなり、みゆきが欽一を連れて向かった所は温泉マークの一室だ。しかし、欽一はそこがどんな場所かもわからない。

「ありがとうございます。わざわざこんな所まで送ってくれて」

「何言ってんのよ。欽ちゃん、ホントにここが何するところかわかんないの？」

「寝るんでしょ？　フトンもあるし」

「バーカ！　あんたって、そんなことも知らなかったの！」

「すいません」

「すいませんじゃないわよ。さ、脱いで脱いで」

クスリで朦朧となった意識の中で、確実に欽一は彼女の胸のふくらみを感じた。

そのすぐ後のことだ。欽一が同じ豆腐屋の三畳間から四畳半に引越し、そこから週２～３度、女の話し声が聞こえるようになったのは。

第2章　ミトキンの遺言

相変わらず、フランス座の舞台では、欽一と坂上の闘いは続いている。ボケもツッコミもない、お互いがサンドバック状態になって打ち合う、ノーガードの勝負だ。

そもそも古くからコメディの世界では、コントを分類すると3つの基本形にいきつくとされていた。

一つ目が通称「天丼」。ボケ役がツッコミ役に、「女にモテたい。モテ方を教えてくれたら天丼おごるよ」といった所からその名がついたとされるが、コントはボケが失敗するたびにツッコミがそれを修正しつつ笑いを取る。

二つ目が「仁丹」。これはトリオの基本形だ。たとえば二人のスリが女からハンドバックを取って逃げたはいいが、ちょうどお巡りさんにぶつかってしまう。不審に思ったお巡りさんに、スリのひとりは「これは、女房のものです」と言い訳するが、「じゃ、中に何が入っているか知ってるだろ」とお巡りさんはハンドバックを取り上げて聞いてくる。やむなくスリのひとりがお巡りさんの背後に回り、ジェスチャーでもうひとりに何が入っているかを伝える。ところが1個入っていた仁丹をどう伝えたらいいかわからず、大慌てする、というコントがある。つまりこれをマスターすれば三人の笑いは作れるわけだ。

で、三つ目が「先後（せんこう）」。女にモテなくて悩んでる後輩に、先輩がアドバイスしてモテるようにしようという設定そのものは「天井」に近い。ただ、その先が違う。先輩は舞台にチョークで○と△を書き「彼女が○のところに入ったらお前は彼女を止めて、△のところに立て」と命令する。ところが、いざ彼女が出てきたら○のところを通り過ぎて△の所までいってしまい、二人で何とか彼女を○まで引き戻そうとすると、後輩が△から離れてしまう。急いで戻ると、また彼女は○の所を出てしまう。そんな繰り返しから生まれる笑いが「先後」の芯になっている。つまり動き主体のコント。

ただし、欽一も坂上もただそれを基本形通りやるのでは芸がないと思っている。演出家が、

「よし、安藤ロールと欽坊で「先後」行け！」

となったら、二人それぞれが考える。「どーやって、こいつを食ってオレが目立とうか」と。

ボケ役になった坂上は考えた。「よし、メガネを使おう」と。ただボケるんじゃない、メガネを使って、それをはずした途端に性格が変わる男になればいい。メガネをつけている間は高倉健のようなカッコつけた男を演じ、取ると歌をうたいながら軽やかに女のコの肩に手を回せるような人間に。

舞台登場。さっそくメガネをつけたりはずしたりして坂上はウケを取ろうとする。

「こいつ、その手で来たな！」

すぐに察知した欽一は、坂上が簡単にメガネがはずせないように、「あ、そのメガネをはずすともっとブ男に見える」「メガネ取ったら何も見えないだろうが」「メガネを取る前に神様にお願いしないと想いは叶わない」などとジャブをかましつつ、かえってメガネのネタを自分の方に引き寄せようとする。

だが、所詮はそれも序盤の小競り合いで、最後には「オレの言う通りやれ！」「やらない！」と言い争って、いつ果てるとも知れないぶつかり合いが続くだけだ。

「あいつら、またやってるよ」

舞台そでには諦めきった関係者の顔が並ぶ。

○

どれだけ熱演した所で、誰が評価してくれるわけでもない。

欽一の夢ははるか遠くに霞み始めていた。それでも毎晩、夜空の星に向かってお願いを続けていた。

「必ず日本一のコメディアンにしてください」

と。どこかの宗教に入っても、信者はいっぱいいるので幸運は分散される。その点、星に願えば、その星は自分だけのものだから、幸運も自分だけのものになる。それが欽一の「信仰」だった。しかし、停滞が長引くと、さすがの「信仰」も揺らいでいく。

そんなある日、フランス座の楽屋に、ひとりの珍しい来客があった。

コメディアン・美戸金二、欽一や坂上の浅草における大先輩で、浅草一帯では「ミトキン」という愛称で通っていた。戦前のエノケン、戦中戦後のシミキン、キドシンでもわかる通り、浅草の観客は愛すべきコメディアンが現れると親しみを込めてこんな愛称をつける。だから「ミトキン」も浅草ではちょっとした人気者だ。

もっとも、所属は六区の大通りを雷門の反対側に１００メートルほど歩いた地下にあるカジノ座。フランス座や東洋劇場のメンバーとはそれほど親しくはない。

「別にたいした用じゃないんだ。急にみんなの顔が見たくなっちゃってさ」

だからテレながら畳の上に座り込むミトキンに対して、阿部と坂上は軽く会釈を返しただけで、すぐに視線を離した。かろうじてミトキンを「浅草生え抜きの先輩」として尊敬する欽一と、その仲間である田畑のふたりが、「お久しぶりです」と彼を囲む。

実はミトキン、ここしばらく浅草を留守にしていたのだ。『南の島に雪が降る』という、戦争中、南方で闘った日本兵たちを描いた映画に兵隊役のひとりとして呼ばれ、ずっとロケに参加していた。それは浅草のコメディアンならみんな知ってる。斜陽が始まっていたとはいえ、映画に呼ばれるのは、まだまだ浅草では「出世」だったのだ。

「ミトキンさん、映画、どうでした？」

欽一は聞いた。するとミトキンは悲しいとも切ないともつかない複雑な表情を浮かべ、しばしの沈黙の後、こうつぶやいた。

「映画は、つらいぞ・・・」

そこからセキを切ったように、ミトキンはロケでの辛い体験を語り始めた。

「現場行くだろ。いきなり監督に言われるんだ。『キミは浅草で一番面白いそうだけど、いったい何ができるの?』ってさ。それで『わかりました』ってさっそくやったわけさ」

ミトキンの得意ネタは「タバコ芸」だ。火のついたタバコをまず左手に乗せ、右手でポン！　と左腕を叩いて、空中に舞い上がったタバコをきれいに口にくわえる。浅草ではこの芸が拍手が止まらないくらいにウケる。

「ところがよ、それ見て監督、何て言ったと思う?　『どこがおもしろいの?』だってよ。その後、握り飯を食べるシーンがあって、自分なりにいろいろ工夫してみたのさ。でも監督は『キミの食べ方は何日間もろくに飯を食ってない日本兵の食べ方じゃない』って何度も何度もやり直させるわけさ。悔しいよ、オレが浅草でやってきたことをまるっきり認めてくんないんだからな。けどさ、せっかくの映画なんだ、このチャンスを逃したらお終いなんだって、ガマンしたよ。やれって言われれば、20回だって30回だって、一生懸命握り飯を食ったんだ」

すでにミトキンの目には、涙がにじみ始めていた。

「たいした役じゃないぜ。日本兵A、B、CのAとか、そんな程度のもんだぜ。それでもオレはガンバったよ。ところが封切りだっていって、見に行ったら、なかったんだぜ、オレのシーンがさ。カットされてんだよ、全部。楽しみにしてたのに、最後の最後まで、オレはまるっきり出てないのさ」

ミトキンの涙に当てられて、欽一までもらい泣きしている。

「オレってダメなんだなァ。浅草でいったい何を覚えてきたのかなァ。オレ、もうこれからどうやっていいかわからないよ」

「そんなことないですよ。ミトキンさんは絶対面白いですよ」

「ありがとう、欽坊。でも、もうオレ、立ち上がれないかもしれない」

「元気出してくださいよ」

「出せれば苦労はないけどなァ・・・」

やにわに欽一の両手をつかんだミトキン、しみじみその手をさわりながら、

「欽坊の手は若いなァ…。うらやましいよ。頼む、お前、きっとエラくなってオレの仇を討ってくれ」

「わかりました。仇、討ちます」

「頼むぞ」

「任してください」

欽一の言葉に安心したかのようにミトキンは立ち上がり、楽屋を去っていった。

その半年後、欽一は風の噂にミトキンの死を知る。酒におぼれたあげくの、悲惨な最期だったという。もう見た目は50を過ぎているかと思えるくらいくたびれていたが、まだ40前だったのも、後で知った話だ。

つまり、楽屋で欽一たちに話した言葉が、彼の「遺言」だったのだ。

○

欽一は荒れた。

ミトキンに「仇を討ちます」を言っておきながら、現状はいったい何だ。フランス座では口も利かない坂上二郎と意地の張り合いのようなコントを繰り返すばかりで、誰も認めてはくれない。客にはウケないし、舞台をはけると、「何分やってんだ！　客はお前のヘタな芝居を見にきてんじゃねーぞ！」と支配人や演出家にドナられるだけ。

八方塞り。澱んだ泥水の中にズッポリと埋まったまま、出口すら見えない。

酒が飲めない欽一は、その憂さをギャンブルで果たそうとした。遊ぶ場所には困らない。楽屋で時間が空いたら、さっそく花札がご開帳になるのが浅草の伝統だ。雀荘だって、近くにいくらでもある。なぜか、金はあった。あったといっても欽一自身の金ではない。すでに半同棲を始めていたみゆきの金だった。

麻雀で彼女がコツコツためた100万円の貯金を全部スッてしまったこともあった。彼女が「正月に一緒に旅行しましょう」と前もって欽一に渡しておいた6万円を、花札でスッカラカンにしたこともあった。40年近く前の話だ。今の貨幣価値に直せば、10倍以上になるだろう。そもそも欽一がフランス座からもらう給料は１日に７００円ポッキリだったのだから。要するに、ヒモ。

そんな自分がやりきれなくて、またギャンブルに走る。走ったら、また先輩芸人のカモにされる。悪循環だった。このままいったら自分はどんどん腐っていく。しかし、いったいどうしたらいいんだ？

悶々とする気分を救ってくれたのは、やはりみゆきだった。

「ねえ、欽ちゃん。あんた、ずっと自分には夢があるって言ってたわよね。その夢、今、どうなってんの？」

「あるよ、あるけど・・・」

「日本一のコメディアンになって、みんなを楽しませるんじゃなかったの？」

「無理だよ、オレにはとても出来そうもない」

「ふーん、諦めるの？　夢諦めて、毎日毎日バクチやってるのがそんなに楽しいの？」

「悪いとは思ってる。金ばっかり使っちゃって」

「お金なんか、また働けば入ってくるでしょ。それより夢は一度なくしたら、もう二度とは戻ってこないのよ！」

「でも、このままじゃどうにもならない」

「なるわよ！　夢を見つづけてよ！　私だってね、新潟から東京に出てきた時は夢は持ってきたのよ。だけど果たせなかった。果たせないまま、今みたいな商売してる。でも欽ちゃんは違う。夢を果たせる人なのよ。私はそんなあんたの役に立ちたいだけなの。日本一のコメディアンになってみんなをビックリさせてよ。あんたのことをヘタだのカスだの言う連中を見返してやんなよ！」

わかった、と欽一は答えた。そうだ、オレは夢を見失っていたんだ。ほんの目の前の瑣末なことで頭がいっぱいになって、肝心な夢の方を置き去りにしていた。フランス座の舞台でどれだけイジメられようと、誰も自分を評価してくれなかろうと、別にいいじゃないか。勝負は今決まるわけじゃない。10年後、20年後、自分はどうしているかが大切なんだ。「オレ、フランス座、やめる」

欽一はつぶやいた。みゆきは反射的にうなずいた。

「そうよ。やめな。あそこでくすぶってたってダメ。欽ちゃん、最高のコメディアンになりたいんでしょ。エノケンさんやチャップリンみたいになりたいんでしょ。だったら、自分のやりたいようにやんなよ」

「わかった。オレ、やる」

「やってよ、絶対にやって！　信じてるからね」

その時、欽一は、前々から心に秘めていた、あるプランを口に出した。こんな話をしても誰も本気にはしてくれない、と思ってずっと内緒にしているうちに、置き去りにして自分でも忘れていたプランだった。

「実はオレ、座長、やりたいんだ・・・」

「座長って、欽ちゃんが？」

「ウン。前に本で読んだんだ。エノケンさんは22歳で座長になったって。オレ、今、22だろ。日本一になるには、エノケンさんに負けられないじゃないか」

「いい！　やんな！　絶対にやんな！　お金が必要だったらさ、私、いくらでも出すから！」

決意すると、トントン拍子だった。

豆腐屋の若旦那・成田達男は、同じ浅草六区の松竹演芸場に顔が利く。演芸場の看板役者・デン助こと大宮敏光と古くからの顔なじみだったからだ。そのコネでデン助劇団が公演をやってない間に限って、欽一を座長とした一座が芝居をやることが認められた。もちろん欽一に旗揚げ資金なんてない。成田と、そして欽一の最大の「後援者」高峰みゆきの援助に支えられての船出だ。

主要メンバーは座長の欽一のほか、古くからの僚友の田畑俊二、ロック座の出身だが、昔から二人と仲の良かった須磨一露、後は舞台経験のほとんどない若手たちを集めて、座員は合わせて10人くらい。劇団名は、浅草から新しい喜劇の流れを起こすぞ、という壮大な理想を込めて「浅草新喜劇」。

フランス座をやめ、新劇団を起こすに当たって、東洋劇場やフランス座の楽屋を一通り挨拶して回ったのは言うまでもない。欽一は、何をおいても、まず最も世話になった東洋劇場座長・東八郎の前で両手を付いた。

「東さん、オレ、浅草の笑いを守ります」

「ムキになんなよ、欽坊。お前はお前らしく、自由にやりゃいいんだ」

東はいつも、やさしかった。やさしすぎて歯がゆくなるくらいにやさしかった。自分より5年も10年も下の若手が東の前で勝手にアドリブを飛ばしても、彼は怒らない。「若いやつらは、自由にやらしてやりたい」が彼の口癖だった。

だが、東のようなコメディアンは例外的な存在だ。ほとんどの古手のコメディアンたちは、誰よりも自分が目立つのが一番大切であり、舞台で若手がアドリブを飛ばして目立とうとしようものなら、楽屋で顔を真っ赤にして怒った。そんな連中が、欽一の劇団旗揚げを快く思うはずがない。

「芸もないヤツが座長だとは、笑わせるぜ」

「どーせ、女に金出してもらってんだろ」

「あんなもん、3カ月ももたずにツブれるぜ」

さすがに欽一の前では口に出して言わないが、みんな目がそう言ってる。10年20年と浅草ストリップの楽屋に居つき、そのまま壁に張り付いたカビのようになってしまった人々にとって、22歳でそこを飛び出して座長になる、というその行為自体が強烈な嫉妬と羨望の対象なのだ。

欽一にも、そんな視線が感じられないはずはなかった。しかし、まったく気にならない。ようやく「日本一のコメディアン」になる第一歩を踏み出す誇りと緊張感があまりに強かったから。

フランス座の楽屋挨拶はあくまでお義理だった。残る阿部昇二と安藤ロールこと坂上二郎には、何ひとつ恩義を感じていない。欽一の中にあるのはイビられたことに対する憎しみ、わだかまり、嫌悪感だけだ。しかし、形式だけでも挨拶はしておかないといけない。

田畑とふたり、阿部の前で「お世話になりました」と言うと、阿部はいつも通り、「うん」と、ほとんど聞き取れないような声を出して会釈を返した。それだけだった。

続いて坂上だ。欽一は、儀礼的に「お世話になりました」と言って立ち上がろうとした時、フッと坂上が欽一に話しかけた。

「若いのに、よくやるなァ。うらやましいなァ」

半年以上一緒の楽屋にいて、これが初めての言葉だった。

「22で座長なんて、すごいなァ」

欽一は、言葉を返しようがない。「芸がないくせに座長なんて」という皮肉で言ってるなら腹も立つが、坂上の口調には、その影もない。ただ素直に、欽一の若い旅立ちをうらやましがっているだけなのだ。だが、その後に出た坂上の言葉は、さらに意外なものだった。

「欽ちゃん、そのうち、いっぺんオレとコンビ組まない？　オレ、漫才やってたしさ、コンビの呼吸はわかるよ」

急に何てことを、と欽一はア然とするばかりだった。親しく話をしたこともない、それどころか舞台に立ったらいつもツブしにかかってくる大っ嫌いな安藤ロールが、なぜよりによって「コンビ組もう」なんて言い出すのか？

いや、坂上の方には伏線があった。前から考えていたのだ。たとえば阿部昇二と一緒の舞台では、昔からの知り合いだし、どんなコントをやってもそこそこにはまとまる安心感がある。だが、所詮はそれだけだ。ところが欽一と一緒の舞台になると、お互いが相手を食い合おうとムキになるもんだから、いったいどこにオチが来るのかやってってもわからない不確かさはある。でも、燃える。「こいつを倒してやろう」とする闘争心が燃え上がれば燃え上がるほど、自分が舞台にたっている充実感と陶酔感で体が満ちていくのだ。

どうせコンビでやるなら、仲が悪くても燃焼できる欽一とやってみたい。

そう思いつつも、話すキッカケがつかめず、ズルズルと来てしまった。ようやく欽一がフランス座を離れる今になって声をかける気分になれたのだ。

しかし、欽一にはわからない。さんざヒドい目に合わせて何を今さら、の心境だ。

「お断りします」

そう一言言い置いて、横の田畑がまだ挨拶をしているのも関係なしに、ひとりで立ち上がって楽屋を出て行ってしまった。六区の通りに飛び出した欽一は吐き捨てた。

「あんなヤツと組む？　冗談じゃない！」

自分には、「浅草新喜劇」座長としての輝かしい未来が待っている。劇団を大きくして、デン助さんや、エノケンさんや、チャップリンみたいな大きな人になる可能性が。なぜあんな底意地の悪いタヌキづらの男とコンビを組まなきゃならないんだ。

が、六区の大通りを歩き出した途端、欽一はもう坂上のことを忘れていた。怒りを持続するには、あまりにも夢が広がりすぎていたから。

萩本欽一と坂上二郎はさして長くもない期間をフランス座の楽屋でともに過ごし、心が通い合うこともなく別れた。それから数年、二人の間に交流は一切ない。

第３章　浅草新喜劇の日々

昭和39年5月、欽一を座長とした「浅草新喜劇」が旗揚げ公演を行った。

その直後、キネマ旬報の１９６４年6月上旬号の片隅に、こんな批評が載る。

「「浅草新喜劇」がこの度松竹演芸場で新結成され、五月一週から披露公演を行った。作・演出青砥四郎の「こんにちは・東京」全五景がそれ。多くの期待を抱いて木戸をくぐったが正直いって詰らなかった。北海道から上京して集団就職した五人の少年にまつわる話だが、筋そのものがさっぱり面白くない。

従って新人コメディアンたちの演技の実力もハッキリ判らなかった。次週からは一つ張り切って戴こう」

書いたのは、当時ＴＢＳテレビのディレクターだった向井爽也。欽一とは一面識もない。偶然読んでいた新聞の片隅に、「浅草新喜劇旗揚げ　松竹演芸場で上演」のたった2行の記事が載っていたのを見て、ついフラッと足を向けてしまったのだ。

こんな批判記事を書かれて、欽一はじめ、座員たちは、「オレたちの笑いがわからないのか！」と怒り狂った、かと思いきや、とんでもない。

それこそ狂喜乱舞だ。

「オレたちの芝居のことが活字になった！」

とみんなはしゃぎまくりで、この記事の載った号は浅草一帯で異常な数の売れ行きになった。座員一同、まとめ買いして、故郷や友人に配りまくったのだ。

もちろん欽一も嬉しかった。

衰えかけていたとはいえ、まだ映画が庶民の娯楽の王座にあった時代。映画の専門誌としての「キネマ旬報」は、非常に重い権威を背負っていた。しかも欽一自体、映画が好きで、小屋がハネた後に浅草の映画館をハシゴしてあるいている男だ。

「キネ旬だぜ。キネマ旬報に載ったんだぜ」

下宿に戻っても、みゆきの前で何度もそう言いながらはしゃぎまくってる。

「よかったね。やっぱり欽ちゃんは何かやる男だと思ってた」

理由は何だっていい、みゆきにとっては、欽一が喜んだ顔を見せるのが嬉しいのだ。もはや、息子がテストでいい点を取ったのを一緒に喜ぶ母親の心境、とでも言おうか。

どこが気に入ったのか、向井爽也はその後も「浅草新喜劇」の舞台を追いつづける。次に、その批評がキネマ旬報に載ったのは９月上旬号だ。「松竹演芸場を根城に新発足した「浅草新喜劇」だが、二週・三週とおいおいペースが出てきた感じだ。第五回（８・11〜20）は、同じく青砥作・演出の「父ちゃん家に置いてよ」で、これまた貧乏な男が孤児を育て、十年後にその実の親がわかるが、子供は金持ちである生みの親よりは育ての親を慕って泣く、という往年のチャップリンの名画『キッド』にも似た、笑いと涙の一幕である。

前半は笑い、後半は涙とハッキリ分かれているが、最後はやはり子供が帰って来て目出度し目出度しで終った方が観客へのサービスになったことだろう。主役の萩本欽一は東洋劇場の出身だが、なかなか良い味を出してきており、これからが楽しみである」

メジャーな雑誌に、はじめて「萩本欽一」の活字が踊った。

出し物を見ても、欽一が憧れてやまなかったチャップリンの世界、しかも『キッド』だ。もちろん彼は貧乏な父親役を思い入れ一杯に演じた。自分自身の貧しかった過去に仕返しをするかのように。ようやく、浅草とその周辺に限って、「萩本欽一って、ちょっとイイらしいよ」とポツポツ言われるようになってきた。

しかし、松竹演芸場で休みなく公演ができるわけではない。あくまで浅草を代表するデン助劇団のホームグラウンド。デン助がお休みの時だけ、いくつかの若手劇団が貸してもらう。１回の公演単位が10日続きで、浅草新喜劇の番が回ってくるのが、多い時で月１回、少ないと２カ月に１回なんてこともある。

その上、当時の演芸場は、別に芝居ばかりやってるわけではなかった。ちょうど大阪における吉本興業の公演形態と同じで、漫才などの演芸がしばらくあった最後にお芝居が付く。出演者全員でギャラを分け合うのだから、当然、ひとりひとりの取り分は少ない。

欽一、それにフランス座時代から行動を共にしている田畑俊二、ロック座から新喜劇に駆けつけた須磨一露、この3人が一応は幹部で1日300円、それ以外の新人クラスが1日100円だ。フランス座では少ない少ないといってても700円はもらってた。いくら欽一にはみゆきからの援助があったからといって、生活全部の面倒を見てもらっては男がすたる。

となったら、キャバレーでコツコツと稼ぐしかない。

とりあえず欽一、田畑、須磨の3人がトリオを組んで、付けた名前が「坊ちゃんトリオ」だ。3人とも、昔は金持ちのお坊ちゃまだったというのと、それがボッチャンと落ちてビンボーになっちゃったというシャレがもとのネーミングだが、その根底には、昭和30年代、テレビで爆発的人気を誇った由利徹、八波むと志、南利明の「脱線トリオ」のイメージがあったろう。あの「てんぷくトリオ」の「てんぷく」も、「脱線」にあやかったのは有名な話。若いコメディアンたちにとって、「脱線トリオ」はテレビを通して出世街道を駆け上がった、いわばジャパニーズドリームの体現者だったのだ。

が、「坊ちゃん」じゃあまりイカさないだろう、とクレームがついて、改めて、世話になっていたプロダクションの名前をとって「エーワンコミック」とする。

いざネタ作りの段になって、またまた難題が浮かび上がってきた。

トリオの一員である須磨が、人間は底抜けにイイのだが、コメディアンのくせにセリフがむちゃくちゃヘタ。シロート以上にヘタ。しかもタイミングも悪くて、掛け合いができない。

「須磨ちゃん、ロック座で何やってたのよ」

「・・・あ、すま・・・ごめん」

謝りの言葉まで口ごもってる。まったく、どうしてこんな仲間を連れてきちゃったのか、欽一も田畑も間が抜けてる。

「もう、須磨ちゃんしゃべらなくていいから」

「とにかく横に立っててよ」

サジを投げて、仕方ない、オレたちふたりでやるか、と欽一と田畑が思った帰り、須磨の部屋に寄って驚いた。なぜか、象、ゴリラ、馬の着ぐるみから、モーターで回転する蝶ネクタイやら、ロウで作った手や足やら。わけのわかんないものがいっぱい置いてある。

「これ、誰が作ったの?」

「オレ」

「いいじゃない。これ、使おうよ」

こうして作られたネタが、エーワンコミックの代表作「ゴリラ」だった。

しゃべれないが、道具作りが得意な須磨はゴリラの着ぐるみに入っている。若くてカワイイ欽一は三つ編みのカツラをかぶる女役で、田畑はその亭主。夫婦二人でゴリラの調教をするのだが、ゴリラは女好きで欽一の言うことはきくのに、田畑の命令は一切聞かない。

「こんなによく言うことを聞くゴリラはいません」

なんて言いつつ田畑がゴリラに頭をひっぱたかれたりするところが笑い所だ。

オチも凝っている。腹を立てた田畑がゴリラの背中に剣を突き刺して、欽一がサッと剣の前の部分をゴリラの腹の方にくっつけ、一瞬、剣がゴリラの体を貫いたように見せたところで終わり。

須磨が象の着ぐるみをかぶり、悲しくなると涙を流すコントもあった。西部劇で、欽一と田畑がガンマンになり、カウンターの後ろに須磨が隠れていて、ガンマンが拳銃を撃ってカウンターのビンを倒したかと思ったら、また起き上がっちゃう、なんてネタもあった。

これらは、欽一がエーワンを離れ、代わりに辻文平が入って「ギャグ・メッセンジャーズ」と名を変えてからも、得意ネタとして残っていく。

須磨の道具作りの趣味は徹底していた。その後、自分がガンで余命わずかと悟った時、彼は死者のつける手甲、脚絆に三角の帽子までミシン掛けして作り、ようやく安心して死んでいったという。

さすがコメディアンの世界、ヘンな人が多い。

若くてイキのいい欽一、やや年かさで芝居のうまい田畑、しゃべりはヘタだが小道具を作らせたら天才的な須磨、キャラクターがダブらず、それなりにバランスの取れたこのトリオには、けっこうキャバレーの口がかかった。

気配りもした。

まず、出来るだけキャバレーには開店前の、女のコたちの点呼の時には来ている。そこで彼女たちに挨拶をしておくのだ。

「すいません。ショーが始まったら、舞台に客を向かせてください」

「いいわよ。まかせといて」

ってなもんだ。

だが、いくら手を打っておいてもウケないと悲惨だった。キャバレーの仕事は、だいたい１日２回で、間に休憩が入る。そこでジュースひとつ出してくれないのはまだしも、

「チェッ、子供のガクゲー会みてーだな」

「シロートと一緒だろ！　シロートにゃ金ははらえねェ」

などと、支配人に露骨にイヤミを言われるのがツラい。

そこで、たとえ衣装がセーラー服姿だろうがパンツ一丁だろうが象の着ぐるみだろうが、まるっきりウケない店の２回目のコントが終わったら、「よし！　行け！」とばかりに、前もって舞台そでに置いといた荷物だけ持って、客席走って、そのまま家に帰っちゃう。

着替えも、化粧を落とすのも、すべて路上だ。

セーラー服とパンツ一丁と象の着ぐるみが揃って街を歩いてる姿を見た人は、さぞや我が目を疑ったことだろう。

「客席の間、走って逃げてる時が一番ウケたね」

鈊一は、楽しくてしょうがない、といった感じで、タオルで顔をふいている。

キャバレーの客にウケなくても、今の彼はへっちゃらなのだ。あのエノケンさんと同い年で一座を起こし、ささやかとはいえ反響もあり、「日本一のコメディアン」への足がかりは出来た。浅草の欽ちゃんが、やがて日本の欽ちゃんになる日も近い、そんな最高に幸せな時期だったのだ。

チャンスも舞い込んできた。

NET（現・テレビ朝日）の人気番組『大正テレビ寄席』から出演依頼が来たのだ。ウクレレ漫談の牧伸二が司会で、放送が日曜正午。昭和38年にスタートしてから、実に数多くの漫才師、トリオ、落語家などを世に送り出し、やがてコント55号を結成した後の欽一も大いにお世話になった番組だ。その『大正テレビ寄席』が、エーワンコミックに出演依頼をしてきたのだ。

夢にまで見たテレビ出演。しかも、まだ始まったばかりとはいえ、人気も高い演芸番組だ。田畑と須磨が舞い上がったのは言うまでもない。

「やったー！　オレたちも脱線トリオになれる！」

「長かったなァ、ここまで・・・」

もう30の声を聞こうかという田畑は、涙ぐんでる。

しかし、欽一の言葉は意外なものだった。

「やめとこう。テレビはまだ早い」

欽一の一言には、浅草の師匠・東八郎に以前聞かされたアドバイスが大きく影を落としていた。すでに何度もテレビに誘われていた東だったが、なかなかウンといわない。なぜそんなにテレビを避けるんですか、と欽一が尋ねた時、東はこう答えたのだ。

「欽坊、テレビっていうのはおっかないぞー。1回出るとヘタなヤツはヘタだってわかる。中途半端なのは中途半端なまま出る。そいつの実力がそのまま出る上に、やり直しがきかない。1度失敗したら、もう『あいつはダメなヤツだ』ってレッテルを貼られるんだ。だから、たった一人でもいい、『こいつの芸は死ぬほど好きだ』ってファンをつかんでからじゃなきゃ出ちゃいけない。オレはまだ怖い」

欽一も怖かった。もちろん出たい気持ちは十二分にあったが、怖かった。自分よりずっと芸もうまくて年輪も積んでいる東でさえ怖いのに、自分が飛び込んでいけるはずはない。

「出ない」

このリーダー格の欽一の決断に、いつもは従う田畑も反抗した。泣いて反抗した。

「欽ちゃん、オレたち、何のためにトリオ始めたんだよ。キャバレー回りして金を稼ぐためじゃないよ。テレビに出たいからじゃないか！」

そんな田畑の剣幕にも、欽一は動じない。一見、ヤワで線が細く見える彼だが、こうと決めたら、簡単には動じない強さが秘められている。このまま我を通したらエーワンコミックは崩壊するかもしれない。せっかくテレビから声がかかるぐらいまで成長したグループをここで潰すのは惜しい。でも、まだまだ「中途半端」な自分たちの姿をテレビには出したくない。夢である「日本一のコメディアン」

になるための第一歩を、目先の欲だけでしくじりたくはないのだ。

田畑は、それでも「出たい」と言い続けた。このチャンスを逃して、またいつ来るかはわからない。

「欽ちゃんはいい。まだハタチになって2年かそこいらしかたってないんだから。オレなんか、もう30だよ。最後のチャンスかもしれないんだよ」

それでもクビをタテに振らない欽一に、普段はまったくカヤの外にいる須磨がフッと一言もらした。

「もういいよ。オレたちは欽ちゃんに任せたんだから」

この言葉が逆に欽一の心をグラつかせた。きっと須磨も気持ちは田畑と同じはずだ。テレビに出たくて出たくて仕方ないに決まってる。果たして自分だけのワガママで、その願望を断ち切っていいのか？

「わかった。やってみよう」

こうしてエーワンコミックは、1度だけ『大正テレビ寄席』に出演する。しかしさほどの反響を呼ぶことなく、再び声はかからなかった。欽一の危惧通り、まだ実力が不十分だったのもあるが、それ以上に、ほんのちょっとだけ時代よりも「早すぎた」のが響いた。

『大正テレビ寄席』からは、その後、てんぷくトリオ、トリオ・ザ・パンチ、ナンセンストリオらが次々と飛び出し、「トリオ・ブーム」を作っていく。エーワンは、その波に乗り切れなかったのだ。遅ればせながら東八郎もようやく重い腰をあげ、昭和40年に入ってトリオ・スカイラインを結成、『テレビ寄席』にも登場してトリオ・ブームに間に合った。

田畑も須磨も、欽一が抜けた後の「ギャグ・メッセンジャーズ」の時代になって、改めて『テレビ寄席』への出演を果たす。だが、すでにトリオ・ブームの最盛期は過ぎ、大きな活躍の場は残されていなかった。

○

飛躍のチャンスを生かしきれなかった者あり。また、一方でチャンスそのものがない者あり。「安藤ロール」こと、坂上二郎の方には、テレビから声すらかからない。すでに年も30。一度目の結婚に失敗し、かつてフランス座の踊り子だった瑶子と再婚していた彼は焦っていた。

このままではいかん、とフランス座を辞め、かつて漫才時代に所属していたプロダクション関係者の紹介で中川プロダクションに入ったまでは、まァ、良かった。

中川プロといえば、三木のり平、脱線トリオの八波むと志、千葉信男など、当時の花形スターを数多く擁する、お笑い界の大手事務所だったのだ。ちなみにその頃、東京のお笑い界には、この中川プロと、脱線トリオの残りふたり、由利徹、南利明がいたかたばみプロ、柳家金語楼がトップの金星プロと大きい事務所が３つあり、テレビでも舞台でも、この３つが揃えば、だいたいのキャスティングが組めたという。

だから、中川プロに目をつけた坂上の狙いは悪くなかったのだ。ただ、問題は、彼と同じように、「あそこに入れば何とかなるだろう」と考えた無名のお笑いタレントがあまりに多かったことと、それを事務所側もすんなりと受け入れすぎたことだろう。

社長の中川賢仁がおおらかな人物で、「来る者は拒まず」タイプだったのが、ますます所属タレントの増加に拍車をかけた。

その頃は、所属タレントを集めたパンフレットを作ったり、名刺の裏に全員の名前を刷り込んだりする習慣がない。しかも誰は誰の担当、といった明確な担当制度も敷かれていなかったから、中川プロのマネージャーでさえ、いったい自分たちの事務所に何人くらいタレントがいるのかわからない。一時期には、50人とも100人いたとも言われている。

つまり、事務所としても、急に入ってきた新参者に、「はい、テレビの仕事」と与えられるだけのバックアップ体制はなかったのだ。

もっとも、入ってすぐ、新宿コマの仕事をもらえたのはラッキーだった。ちょうど美空ひばり公演に、中川プロから入るはずだった俳優がひとり別の仕事で来れなくなり、「ちょうどいいや」とばかりに坂上にお鉢が回ってきたのだ。

ギャラは日建てで千円そこそこ。それでも、とりあえず1カ月の公演をこなせば、家族を食べさせるだけの金は入る。役柄は、「目明しの子分A、B、C」の「B」であるとか、いわゆるその他大勢の端役だが、坂上は文句をいえる立場ではない。

その頃の、新宿コマ公演のだいたいの公演スケジュールを見て行くと、一番大きな柱が一流コメディアンをズラッと揃えた喜劇の舞台で、１年の半分以上を占める。それにトップクラスの歌手をメインにした歌とお芝居や新宿コマ・ダンシングチームの踊り、ときたまチャンバラが見所の新国劇の芝居などもはさんでローテーションが組まれている。どれも原則は１カ月公演だ。

中川プロの力もあって、美空ひばり公演の後も、喜劇の舞台があると声をかけてもらえるようになった坂上だが、さて、難しいのはその「格付け」だ。

商業演劇の世界は歌舞伎の昔から、座長、副座長、幹部、準幹部といった形の格付けが厳しい。ポスターのタイトルの順番から、楽屋の順番から、カーテンコールの際に紹介される順番から、すべてその格付けに沿ってなされていく。

これを昭和39年前後の新宿コマの喜劇公演に当てはめていくと、柳家金語楼、三木のり平、それに後に映画『男はつらいよ』で初代オイちゃん役を演じた森川信あたりが座長クラス。堺正章の父・堺駿二もしばしば副座長クラスで登場した。その下の花形役者に由利徹、南利明あたりがきて、一段下がって佐山俊二、茶川一郎、そのもうちょっと格下のところに平凡太郎、人見明あたりが連なっていた。

業界用語で、このあたりまでが「看板さん」。つまり、ポスターや劇場の看板に顔と名前が載るクラスだ。もちろん坂上がそこに入れるわけがない。

そのひとつ下のランクとして、「中二階さん」というのがある。

まさに言いえて妙、と感心するしかないネーミングであって、そこに位置する役者たちはいろいろな意味でも中二階なのだ。

「看板さん」の楽屋は上にあって、しかもだいたいが一人部屋か二人部屋。それに対して、「中二階さん」の楽屋は、実際に中二階にあって、一部屋で6人から8人くらいが入る。そのさらに下には、20人もの役者たちがいっぺんに納まる「奈落」の楽屋がある。

芝居のキャリアから見ても、「中二階さん」は皆、それなりの経験を積んでいるのだ。喜劇だけではなく、新派、新劇、新国劇など、いろいろな所での修業を経て、舞台に上がっている。新人で右も左もわからない「奈落」のグループとは違う。人によっては、若い看板さんなんかよりずっとキャリアも豊富、演技も上手なケースもあるのだ。この道20年、30年なんて人がゴロゴロいる。

結局、売れたか売れなかったか、だけの問題なのだ。

うまくチャンスに乗って名前を上げた人間は看板さんとなり、実力はあっても乗り切れなかったら中二階さんになる。

その代わり、毎月の新宿コマの公演、看板さんは演目ごとにいろいろ変わるが、中二階さんの顔ぶれはあまり変わらない。ギャラも安く、腕は確かで、時代劇も現代劇もこなせる彼らは、劇場側からすれば非常に便利な存在だったのだ。彼らは、やや自虐的な意味も込め、当時、コマの名物企画となっていた『雲の上団五郎一座』をモジって、自分たちを「コマ五郎一座」と呼んでいた。

この「中二階さん」に坂上も加わることになった。

当然、古参でうるさ型の役者たちがここに集まっており、新参者の坂上は「漫才あがりのイロモノ」として、最初は白い目で見られがちだった。「中二階さん」たちの多くにとっては、役者としての舞台歴の長さこそがプライドのよりどころで、漫才などの演芸畑の人間は「邪道」と見る風潮がまだまだ強かったのだ。

が、１週間もしないうちに、坂上に対する周囲の目が変わっていく。

「今度来た安藤ロールって、なかなか感じのいい人じゃないか」

「よくやってるよね」

誰とはなしに口にし始めていた。

その秘密は、掃除だった。人一倍キレイ好きの坂上は、他の誰よりも早く楽屋入りしては部屋の掃除をすまし、化粧前にあったガーゼなどを片付けて拭き掃除し、みんなの化粧前をピカピカにしてしまう。別に、「新入りのお前がやっとけ」と命令されたわけではない。片付いていない物を見ると片付けたくなるのが彼の性分なのだ。

「ロールさん、いつも悪いね」

「いいよ、好きでやってんだから」

こんな会話を交わしていくうちに、坂上は「中二階」の住人のひとりとして認められていった。

と同時に、他の「中二階さん」と同じように、一つの舞台で３役も４役もこなすようになる。たとえば、幕開きのシーンでは大工で道具を担ぎながら登場したかと思えば、ものの20分もしない後には武士のひとりとして顔を出し、お座敷の芸者遊びのシーンになると幇間になって出てきて踊って見せたり。どんな役でもこなしてみせるのが「中二階」の腕の見せ所であり、歌、踊りなど、幅広い芸を持っていた坂上にとって、それはさほど難しくはない。

疑問に思ったことは、すぐ仲間たちに聞いた。新劇出身ながら、商業演劇の舞台経験も豊富だった小島一馬も、よく坂上の質問を受けたひとりだ。

とにかく羽二重の上にカツラを乗せるような本格的時代劇をほとんど経験していない坂上は、わからないことが多い。それをしばしば小島に聞くのだ。

たとえば、ある時代劇の中で、「火の用心」のオジサンの役がふられた。すぐに坂上は小島に質問する。

「火の用心って、今と同じですよねェ」

「まァ、ホッカムリして拍子木持って歩けばいいんじゃない」

「セリフも、『火のよーじん!』っていって歩くだけでいいんですかね」

「そうね、『火の用心、さっしゃりましょう』って言う方が時代劇の感じはでるよ」

「あ、なるほどね」

声のいいのは坂上の自慢だ。さっそく舞台では、思い切り朗々と「ひのよーじん、さっしゃりましょー!」と謳いあげたのは言うまでもない。この声の良さゆえに、物売りなどの役があると、真っ先に坂上が指名されることが多かった。

同じ中川プロ所属だった山賀日出男も、何かと坂上の質問を受けた「中二階さん」のひとり。という以上に、互いに心を開いて話し合える「楽屋の親友」といっていい関係だった。

キッカケは、昭和39年の中川プロの新年会だ。

日本料理屋で盛大に行われた中、前の年に新たに所属したタレントたちの自己紹介の場が設けられた。「安藤ロールです」と、まず名前を言った坂上は、かくし芸として、普段の彼からは考えられないような大胆な芸を見せたのだ。

全身素っ裸になって、ロダンの名作『考える人』のポーズをとり、一言「考える人」と題名を言っただけで、あとは動かずにずっとポーズをとってるだけ。そのシンプルさが逆にウケて、場内大爆笑となった。

山賀ももちろん見ていて、坂上に声をかけたのだ。

「ロールさん、面白いね」

「はァ、これから、ホントによろしくお願いします」

さっそくすぐ後のコマ公演で同じ楽屋になった坂上は、何かと先輩の山賀を頼りにするようになった。

たとえば、その頃の楽屋では、休憩となったらポーカーなど、ギャンブルの華が咲くのがいつものこと。普段はギャンブルには手を出さない坂上でも、何かの拍子に、その一員に加わったりもする。

だが、ビンボーで、女房もキャバレー勤めをしながら子供を養っている境遇だった彼にとって、金はひとしお大切だ。しかも生来の気の小ささもある。

そのため、自分で金を賭けているくせに、しばしば勝敗の結果が出るのが怖くなる。そんな時、頼るのが山賀だった。

「すいません、山賀さん、後、見といてくれませんか？」

それでしばしば本人は楽屋の外に出て行ってしまい、山賀の声を待つ。

「ロールさん、勝ったよ」

と言われると、はじめて嬉しそうに楽屋に戻っていくのだ。だから、自分の懐具合も、山賀だけにはポロリと告白する。

「もう、全財産５０００円しかないんですよ。負けたらどうしようかと思った」

ビンボーで、一応、いろいろ役は与えられているものの、どれもセリフはせいぜい２つか３つ。なかなか先の展望は見えない。すでに年も30になっていて、妻子までいる。

そんな坂上に、夢を見続けろという方が酷な注文だ。

彼にとっては、かえってあの、欽一とともに、「さっさと引っ込め」とまわりに言われるまで思い切り掛け合いをやったフランス座時代の方がずっと充実していた。少なくともあそこには、もっと多くのセリフや出番があったし、自分の芸をぶつけ合える相手がいた。

コマの舞台もそれなりには楽しいにしても、結局はスターの周りを囲むその他大勢のひとりでしかない。

フランス座が懐かしい。でも、帰ることはできない。一度去った者を受け入れるほど浅草のストリップ劇場も甘くはない。若きコメディアン志願者は溢れるほどいるのだ。コマの舞台で歯を食いしばって生き残るか、芸能界の道を諦めるかしかない。

ある日、舞台がハネ、山賀と共にコマ劇場の外に出てきた時、坂上は足を止めて、飾られている大きな看板をジッと見つめた。金語楼や森川信などの大物、由利徹や南利明などのテレビでも売れまくる花形スターが覇を競うようにズラリと顔を並べている。

「看板さんか・・・」

ため息まじりに坂上の口から漏れた言葉だ。

「なあ、山賀さん。オレなんか、ここに顔が出る日が来るかな。・・・だめだろうな」

言われた山賀も、本音のところでは「その通り」と答えるしかなかった。「安藤ロール」の現状を見る限り、「看板さん」にのし上がれる可能性はどこを捜しても、ない。だが、そんな救いのない言葉を返せるわけもない。

「大丈夫だよ。努力すればいいんだ。努力すれば看板さんにだってなれるさ」

「そうだな。努力すればいいんだ。そうすれば何とかなる。よし、オレも頑張る！」

そう自分で必死で言い聞かせてはいるものの、そう言う坂上本人が、どれだけその実現を信じていたろうか。

彼に、明るく輝かしい未来はなかった。

第4章　テレビに出てみないか？

　欽一に、再び思ってもみないチャンスが訪れようとしていた。

　あのキネマ旬報で浅草新喜劇について書き続けたTBSの向井爽也が、欽一をスカウトして、テレビ界へと引き入れようと目論んでいたのだ。向井は、欽一の持つ清潔感のある明るさ、若さがテレビでも通用すると睨んでいた。

　エーワンコミックとしての『大正テレビ寄席』出演がさしたる反響も呼ばなかったころ、浅草新喜劇の欽一の楽屋に、ある日突然、向井は顔を見せた。

「TBSの、向井さん？」

　来客を知らされた欽一も、キツネにつままれたような顔だ。実は向井は何度も浅草新喜劇の舞台を見ていながら、それまで楽屋を訪ねたことがなかったのだ。

　欽一からすれば、なぜTBSの人がわざわざ直接、楽屋まで訪ねてくるのかもわからない。「向井」

という名前に、かろうじて見覚えはあるのだが、いったいどこで見た名前かも覚えていない。やや警戒心を持ちつつ、来客を迎えた。

そして、名刺を差し出された時、はっきりとその存在を思い出した。

「向井爽也って、あのキネ旬の・・・？」

「うん。旗揚げの頃から、ずっと見させてもらってる」

キネマ旬報に劇団の批評を載せてくれた向井爽也さんだったんだ・・・、とわかったそれだけで、欽一は嬉しくなってしまった。ずっと前から、自分の方から挨拶に行きたいと思っていたけど、敷居が高くて行けなかった人。その人がわざわざむこうから会いに来てくれた。

それだけでも意外なのに、向井はさらに意外な一言を言った。

「ね、欽ちゃん、テレビ出てみない？」

欽一は、返答に困った。困ったまま、二人は、近くにあった喫茶店「ともしび」に場所を変えて、さらに話を続けた。

向井の誘いに対する欽一の答えは、「イエス」でも「ノー」でもなかった。『大正テレビ寄席』の経験からも、うかつにテレビに出て、中途半端な仕事はしたくない。だが、もちろんテレビに出たい気持ちもないはずがない。

「考えさせて欲しい」

この言葉に、逆に向井は好感を持った。仕事柄、彼も数多くの無名コメディアンと会う。その百人に百人が、彼に同じことを言ってくるのだ。

「頼みますよ、テレビに出してください、面倒見てくださいよ」

毎日、うんざりするほど聞かされていた。テレビに出て顔を売っているコメディアンが一流、どんなに舞台で頑張っていてもテレビに出てないヤツは二流、すでにそんな図式が通用していた時代だ。それを、この若者はチャンスにうかつには飛びつかなかった。

新鮮な驚きだった。

欽一にとって、向井は、最初に浅草新喜劇に注目してくれた「恩人」だ。その人の誘いをむげには断れない。だが、一方で、座長である欽一がテレビに行くことは、そのまま新喜劇の活動の終了を意味する。

「とにかく考えさせてください」

欽一は繰り返した。

ひとまず向井と別れた後、欽一は、最も信頼の置ける相談相手にすべてを話した。

みゆきだ。彼女の結論は明快だった。

「やんなさいよ。人生にはさ、ちょうど世の中に出るための波っていうのがあって、その波に乗らないと、また次の波が来るまで何年かかるかわかんないんだ。私、その話って、欽ちゃんにとっての波だと思う。そんな、テレビの人が直接会いに来てくれて、誘ってくれるなんて、もうないかもしれないよ」

みゆきはいつでも欽一にとっての生きる指針だ。年齢だけではない。ただ夢に向かって一筋に生きてきた欽一より、夢と挫折を繰り返したみゆきの方が、人生の年輪も深い。彼女がそこまで言ってくれるなら、と欽一の気持ちは少しづつテレビに傾いていった。

だが、筋を通すためには、まず言っておかなければならない人たちがいた。浅草新喜劇のメンバー、そして何より、エーワンコミックの仲間であった田畑と須磨だ。少なくとも、向井は欽一ひとりを誘っているのであって、彼ら二人は構想には入っていない。

「欽ちゃんは、行きたいのか？」

「・・・」

答えようがなかった。まだ、テレビに出ることの恐怖心、劇団への未練、田畑たちにすまないという気持ち、それらがないまぜとなって容易に結論を下せなかった。

三人はしばらく黙り込んだ。欽一は、いつものように眉間を指でつまみながら、二人の返事を待った。しかし、この状況の中で、なかなか出てくる言葉はない。目もあわせないまま、欽一と田畑が考え込んでいる時、やはり口を開いたのは、普段は無口で、ただ二人の話を聞いていることの多い須磨だった。

「行きなよ、欽ちゃん。テレビに行って、成功してくれよ」

「・・・」

「でもさ、成功したら、必ずオレたち、呼んでくれよ」

欽一は、救われたように顔を上げた。

「わかった！　そうする！」

ここで、初めて欽一は「テレビに行ってみよう」と心に決めたのだ。


自分がクドいてテレビの世界に引き入れただけに、向井も真剣だ。どうにかして一人前にしてやらなきゃ、とばかりに自分がディレクターを担当している、コロムビアの歌手を中心としたバラエティ番組『歌のミラーボール』に欽一を突っ込んでいた。歌の合間にはさまるコントの一員としてだ。昭和40年ころといえば、年末の『紅白歌合戦』が70％以上の視聴率を稼いでいた歌謡曲全盛期。コロムビアだけでなく、ビクターも、クラウンも、キングも、大手のレコード会社はみんな自前のテレビ番組を持っていたのだ。

向井は、自分の番組ばかりじゃない。知り合いのディレクターと顔を合わせると、

「いい若手コメディアンがいるんだけど、使ってやってくんない？」

と、ことあるごとに欽一を推薦した。いや、ただ推薦するだけじゃない。知り合いがディレクターを担当しているドラマの台本を見て、配役の部分、「若者A」の俳優欄が空白になっていたりすると
「この役、まだ決まってないの？」

「まだだな」

「じゃ、オレ、書いとく」

勝手に「萩本欽一」と名前を入れてしまったりする。少しでも仕事をやらしてあげたい親心だ。番組のスタッフの一人が、あきれ顔で欽一に言う。

「欽ちゃん、キミくらい果報者はいないよ。天下のＴＢＳのディレクターで、他の誰がキミみたいに名もないコメディアンをあそこまで面倒見てくれると思う？」

「・・・はい」

「向井さんの恩に報いなきゃ、男じゃないよ」

「・・・はい」

欽一だって、その恩の深さはわかってる。彼は彼なりに必死だった。ちょうどハヤりはじめたマドラス・チェックのシャツに綿パンのアイビー・ルックで身を固め、しかも綿パンにはしっかりと寝押しをかけ、精一杯若さを強調したファッションでテレビ局入りする。しかも赤坂見附からＴＢＳまでのわずか徒歩５～６分の距離をタクシーに乗り、思い切り見栄も張ってみた。

だが、すべては張りぼてだ。いくら頑張ってみても、生来の、シャイで人見知りする性格は直らない。局に入るやいなや、島倉千代子や、村田英雄や、舟木一夫やこまどり姉妹や、売れっ子歌手の姿を見るなりビビッてしまって、隅っこで小さくなってしまう。

楽屋でもそうだ。

「どうせオレなんか、こんな華やかな場所にいるには相応しくない人間なんだ」

と思うと、気が滅入ってしまって、他の出演者に声をかけるどころか、たまに声をかけられても返事も出来ない。向井が見込んだ「若くて清潔感のあるコメディアン」の欽一はそこにはなく、ただ萎縮して、岩のように固くなっているシロートがいるだけだった。

「クラいヤツ」

若手コメディアンにとって、最もありがたくない烙印を押された欽一は、もはや誰からも声をかけられず、「一緒にメシ喰いいこう」と誘われることもなく、番組のたびに楽屋の隅でジッとうずくまっていた。高校時代、ビンボーで弁当を持ってこられず、昼休みはいつも一人きりで屋上にうずくまっていたように。

それでも、まだ向井の番組に出ている時は良かった。現場の責任者である向井が少々のことならフォローもしてくれる。単発ながら、当時人気絶頂だった弘田三枝子の相手役や、こまどり姉妹の恋人役といった、無名の新人としては破格の抜擢までしてもらっている。

「向井さんは、何であんなにあいつをヒイキにするんだ？」

と他のコメディアンたちが嫉妬したくらいに引き立ててもらった。だから失敗を恐れず、ノビノビとやれる。

が、それ以外はどうしようもない。

とにかく一番まずいのが、テレビのフレームの中に、うまくおさまるのがヘタなことだった。たとえば、ある番組で、最後のオチの部分、10人くらいの集団で「ハラホロヒレハレ」と言いながらズッコケるシーンがあるとする。

テレビ慣れした他のタレントたちは、カメラ目線で、しっかりテレビカメラのフレームの中におさまるように倒れていく。本能的に、どの範囲までカメラに入るかがわかっているのだ。ところが、これを欽一はできない。つい上を向いてしまったり、手足がワクからはみ出したり、一人だけまわりとズレてしまう。

「お前、どうしてそんな簡単なことができないんだ！」

何度も何度もディレクターにドナられても、どうしてもうまくおさまらない。浅草の舞台育ちの悲しさ、テレビのワクが体に染み付いていないのだ。

結局、意気消沈した欽一を慰めてくれるのは、向井しかいない。

「欽ちゃん、クサっちゃダメだぞ。この次は、もっと欽ちゃんが気楽にできるいい仕事もってくるから」

コロムビア期待の新進歌手・都はるみの曲が流れる『歌のミラーボール』の楽屋で、向井は欽一を何度も激励した。

が、この思いやりが、欽一にはさらに大きなプレッシャーを与えた。

「こんな、何もできないオレに、期待したって仕方ないのに・・・」

○

期待にこたえられずに苦悶の日々を送る欽一。だが、ちょうど同じ『歌のミラーボール』の現場に、期待されることもなく、単なる員数合わせとして送り込まれた一人の男がいた。

「生活に困ってる役者がいるんで、使ってやってくれませんか。もう、どんな役だってかまいません」

と、顔見知りの中川プロのマネージャーから向井に話があったのだ。

「エキストラみたいな仕事でもいいの？」

「はい、もちろん」

「じゃ、次の回、出てもらおうかな」

向井がその男に与えた役は、熊の着ぐるみ。ただ歩くだけで、顔すらテレビに映らない。顔も映り、セリフもたくさん与えられている欽一と比べて、ずっと格下の、タレントとしては最底辺の仕事。それでも男は「ありがとうございます」と感謝しながらこなした。

言うまでもない。この男こそ「安藤ロール」こと坂上二郎だったのだ。

親子三人の生活を維持するためには、どんな仕事でもして稼がなくてはならない。華やかな人たちの中に混じる欽一を横目で見つつ、屈辱に耐えて、彼は熊になった。

それしか彼の取りうる道はなかったのだ。

第５章　浅井良二との出会い

中川プロには、この時代の「安藤ロール」をはじめ、とりあえずワラをもすがる気持ちで入ってきた無名タレントたちが常時数十人いた。

彼らには、当然、マンツーマンのマネージャーがつくはずはない。10人前後を一組にして、ひとりのマネージャーがまとめて面倒見るのが普通だ。そして安藤ロールを担当したマネージャーもまた、他にも数多くの若手の世話をしていた。

元はといえば、このマネージャーも、ある映画会社のニューフェースだったくらいだから、役者志望だ。学生時代はボクシングの経験もあり、痩せぎすで、精悍な容姿が自慢だった。それで、当時、太ったキャラクターで人気のあったコメディアン・千葉信男のツテを頼って中川プロに入ったものの、どうも役者としては「華」がない。ただ、千葉や三木のり平などの有名タレントの付き人として働かせると気はきくし、何よりフットワークがいい。タレントが灰皿を欲しがっていたりすると、誰よりも早くサッと差し出す機転のよさがあるのだ。お陰で、なし崩し的にマネージャーへの道に踏み込むはめになっていった。

これが、やがてコント55号と組んで日本中に大旋風を起こす浅井良二の若き日の姿だ。

浅井の、ギャンブラーとしての逸話は多い。

たとえば八波むと志について地方興行に行った時の話。ついついスタッフや地元の人も集めてポーカーを始めたはいいが、たちまち負けが込んで、合計50万円以上になってしまった。昭和30年代の50万といったら、貨幣価値が今の10分の1としても、今の金にして５００万円。昭和11年生まれで、まだ20代だった浅井にとっては大金も大金だ。

ところが、話を聞いた八波むと志、「オレに任せろ」と代わりにカードを始めて、ものの2、3時間でその借金をすべて帳消しにしてしまった。

このマネージャーにして、このタレントあり。

年に1~2度、中川プロや金星プロなどお笑い系プロダクションの若手マネージャーたちが熱海にみんなで泊りがけでいくのも、目的は宴会と、大広間でのポーカーだった。

浅井のギャンブルのスタンスは決まってる。

まず降りない。ちょっとくらいショボい手が入っても、ガンガン突っ張る。たちまち賭け金はあがり、一勝負数万円、なんてレベルになってしまう。

しかも表情が変わらない。とはいっても、いわゆる冷たい「ポーカーフェイス」ではない。最初から終わりまで、ずっとハイテンションでハシャいでいるのだ。

「いいよ、いい手だ！」「よーし、これだ！」「うーむ、こら勝負するしかない！」なんて、いつも賑やかに騒いでる。だから勝負している相手にとっては、果たして本当にいい手なのか、ただのカラ元気なのか、なかなか読み取れない。

負けていてもテンションが落ちないのだから始末が悪い。相変わらず、「よーし、来た！」なんてやってる。

この「ハイテンション型ポーカーフェイス」のお陰で、彼の戦績はけっこう良かった。常にプラス志向、天性の勝負師タイプ、といっていい。

「勝負師」が一マネージャーで満足するわけがない。

いつかは独立して一国一城の主となるべく準備を進めていないはずがないではないか。千葉信男や、その付き人から次第に頭角を表して来た藤村有弘のマネージメントをやりつつも、浅井の最も気の置けないタレントは八波むと志だった。

浅井のギャンブルの借金を八波がその場でチャラにしたエピソードでもわかるように、二人は妙に呼吸が合ったのだ。一方が苦境に陥っていると、もう一方がフッと助け舟を出すような形で。

一緒に組んで中川プロを独立する話も、自然発生的に浮かび上がってきた。

「八波さん、やろうよ」

「いいよ」

そんな短い言葉のやりとりで、もう意志の疎通はできてしまう。

中川社長に退職願いを出しにいくと、さすがに看板スターとの独立は即座には認められなかったものの、半年後には辞めてもいい、という承認を取り付けた。

客観的にみると、この社長の処置は異例の寛大さだったといっていい。

浅井はともかく、八波むと志は、今後、どれだけの稼ぎをあげるかわからない大きな財産だった。その鉈のような鋭いツッコミセンスは「当代一」とも評価され、単に脱線トリオの一員としてではなく、本格的舞台役者としての開花期を迎えつつあったのだ。年末恒例の『雲の上団五郎一座』では、のり平を相手にツッコミ倒し、東宝初の本格的翻訳ミュージカル『マイ・フェア・レディ』でも、並み居る役者たちを前にして出色のリズム感の鋭さを見せる。数年の後にはお笑い出身でありつつ「お笑い」のワクを超えた、森繁的存在になる可能性まで漂わせていたのだ。

「そんなに出たいのなら、お前だけ出て行け」

と突っぱねられても文句をいえないところだ。

そこをあっさり認めてくれた。勝負師・浅井良二としては、まずはいきなりストレート・フラッシュが手の内に入った心境だったろう。

しかし、ストレート・フラッシュは、一瞬のうちにノーペア、つまりただのブタに変わってしまう。

昭和39年1月9日、事は起こった。

八波むと志は、東京宝塚劇場での『マイ・フェア・レディ』再演の舞台の帰り、名古屋から来た女性ファンとともに、上野のいきつけのおでん屋「たこ久」で一杯やった。ところが、帰路、止せばいいのに酔ったまま車を運転し、神田の都電の停留所にその車を乗り上げ、その衝撃で運転中の八波むと志は死亡。享年37。

浅井良二の、溢れるばかりの夢と希望が、その瞬間、断ち切られた。

と同時に、彼の中川プロにおける立場も妙なものになった。独立することだけは、既成事実として決まっている。ところが、一緒に出て収入の柱になってくれるはずの八波むと志は、すでに亡い。30にも満たない若手マネージャーが、稼げるタレントを持たずに独立して、果たしてやっていけるのか？

中川社長に侘びを入れて、そのまま中川プロに残してもらう道も、あるにはあった。だが、浅井の、勝負師としてのプライドがそれを許さなかった。

「戻るもんか！」

浅井が予定通り、独立への第一歩を踏み出した頃、ＴＢＳのスタジオの中で、顔見知りのディレクター・向井爽也に声をかけられた。

「浅草出身で、ちょっと気になる若手がいるんだけど、面倒みてみない？」

「浅草の芸人っていうのはなァ・・・」

「違う、違うの。浅草のくせに、ヘンなアクがなくてすっきりしてるんだ。自分で劇団もってやってたくらいだから、芸もしっかりしてるよ」

「年は若いんですか?」

「うん、ハタチそこそこ。で、名前は萩本欽一。浅草じゃ欽ちゃんで通ってる」

○

出会いは、さして衝撃的ではなかった。

浅井にとって、向井に紹介された欽一の第一印象は、世間知らずで、ちょっと純情そうな若者、それだけだった。

すでに向井の推薦でボチボチ番組に出演し始めている、と聞いてはいたものの、どこか若手コメディアン特有の、ギラギラとした、前に出ようとする勢いが感じられない。浅井は中川プロで、左とん平をはじめ、強烈なパワーを持った若手たちを何人も見ている。それらと比べると、あまりにも線が細い。

「こいつ、たいしたことないかな」

と思いつつ、欽一と向い合った。だが、欽一の口から出た言葉は、浅井にとっては、まったく予想外の一言だった。

「ボク、テレビに向かないのかもしれません」

浅井はア然とするしかない。これからテレビで売り出そうという人間で、いまだかつて、いきなりマネージャーになるかもしれない相手に、こんなことをいうヤツがいるだろうか。

何てヤツだ、と腹を立てているうちに、いつの間にか、浅井は欽一を説得しようとしゃべり出していた。

「コメディアンで売れるためには、まず顔を知られなきゃダメなんだ。舞台だけやってたって、誰が覚えてくれる？　テレビだよ、テレビに出なきゃ」

「でも、ボクなんかがテレビで成功するとは、どうも思えないんです」

「やってみなきゃわからないじゃないか！　最初から諦めてちゃダメだ」

人間とは不思議なものだ。「テレビに出たい」と一生懸命売り込みをされると、聞かされる側は鬱陶しくなって、「勝手にしろ」と突き放したくなる。ところが逆に、「テレビで売れなくてもいい」となると、「よし、そんなに言うなら、オレが売ってやる」と力が入ってくる。

さしずめ浅井と欽一の最初の出会いは、この後者だった。

言い換えれば、浅井も向井同様、「どんどんテレビに出してください」と迫ってくる若手コメディアンに食傷していて、欽一のように、「自分はテレビに向いていないかもしれない」なんて言い出されるのが新鮮なショックだったのだ。普通のコメディアンとはどこか違うそんな欽一の感性が、浅井のギャンブラー魂に火を付けた。

「コイツを当てて、オレも成功する！」

30分も話し込んだ頃、すでに浅井は欽一を本気で売る気になっていた。

向井が見込んだだけあって、浅井の行動は素早かった。

さっそく日本テレビに交渉して、欽一の出演番組を決めてきてしまった。ある大物コメディアンが主演の、公開コメディに欽一を突っ込んだのだ。

ところが、これがテレビで味わう彼のさらなる挫折となった。

その大物コメディアン、気難しい上に、芸が未熟な人間に対してはひときわ厳しい。

酔っ払いの役を当てられた欽一が、必死で酔っ払いを演じようとすると、

「バカヤロー！　そんな酔っ払いがいるかよ！」

ドナられる。いきなり千鳥足で「ウィーッ」などと言うパターン通りの酔っ払いを見せた欽一に、その大物は徹底的にダメを出したのだ。酔っ払いは自分が酔ってる自覚がない、だから、ちゃんと歩こうとはしているのが、ちょっとずつ足どりが乱れていてやっとリアルに見える。

だが、大物はそれを口に出して言わなかった。言わないかわりに20回も30回も欽一に同じシーンをやらせた。そのあげく、自分のイメージ通りに欽一ができないのを見て、

「もういい！」

あっさりと大物は欽一を見捨てた。

一度、「欽一＝ヘタなヤツ」とインプットされると、大物はもう、その目でしか欽一を見なくなる。

「うまくねーな、違う！」「ヘタだねェ。誰がこんなの連れてきたんだ！」

リハーサルで欽一が何かをするたびに、その大物は舌打ちをしながらあけすけに彼をこき下ろした。

「やめちまえ、もう」とまで言われた。シャイな彼は、一言そう言われるたびに固まって、縮こまっていき、ますますヘタになっていく。

いや、舞台の上でボロクソに言われるのなら、まだガマンできる。その大物コメディアンは、下に降りても舞台上を引きずるタイプだったから始末が悪い。

露骨なのだ。本番が終わった後、他の出演者が「おつかれさまです」と声をかけると、ちゃんと目を見て「お疲れ」と答えていた大物が、欽一の「おつかれさま」には目も向けなければ答えもしない。はっきり、「お前なんか嫌いだよ」という態度を取るのだ。

一度、欽一が楽屋前の廊下で、その大物とすれ違ったことがある。

「よろしくお願いします！」

欽一はひときわ大きな声で挨拶をした。だが、大物はまるでそこに何も存在しないかのように、欽一に一瞥をくわえることすらなく、足取りも変わらずに歩き去っている。

役者として認められないのみならず、人間としても認めてもらえないのだ。

これが欽一には耐えられなかった。

浅草の舞台でも東八郎をはじめとした先輩たちにボロクソに怒られたことはある。たとえば、彼がオバアチャン役を振り当てられ、張り切ったあまり、飛んだり跳ねたり、縦横無尽に舞台を駆け回った時のこと。楽屋に戻るやいなや、先輩役者の石田英二に首根っ子をつかまれて、外に引きづり出されたことがあった。

「おい、欽坊、目ェかっぽじってよーく見てみろ。どこにお前みたいな、飛んだり跳ねたりするバーサンがいる？　いたら教えてくれ」

笑いだから何をやってもいいというものじゃない。コメディだからこそ、まず基本として、しっかりリアリズムをふまえた演技をしなくてはいけないんだよ、という教えを、こんな形で示してくれたわけだ。

だが、そんな石田も、もちろん東も、一度怒ったら、後はカラッとしたものだった。ものの1分もすれば、

「あんまりしょげるな。ま、メシでも食おう」

ですべてはチャラにしてくれる。

が、その大物コメディアンは違った。どこまでも尾を引くのだ。

大物のイビリに耐え兼ねて、欽一は東八郎に相談に行ったこともあった。東は慰めとも激励ともつかない、こんな言葉を返している。

「あの人はな、あんまり自分がウマいもんだから、ヘタなヤツがなぜウマくないのか、よくわかってないんだ。あのくらい出来る人にとっちゃ、欽坊、お前なんか虫ケラに見えるんだろ、きっと。酷い目にあっても当然だよ。当然なんだからジッとガマンして、あの人がなぜウマいのか、ちゃんと見ておけばいいじゃないか」

欽一もガマンしようと思った。でも、その大物コメディアンのとめどないイビリが、彼の神経をズ

タズタにしていた。

その日も、神田の共立講堂での公開放送は、彼にとって苦痛以外の何物でもなかった。相変わらず、「ヘタだねェ」「ダメだねェ」とケチョンケチョンにケナされてすっかりヘコんでしまった帰り、彼は行く当てもなく、町を歩き始めた。

「自分はなぜこんなにヘタなんだろう？」「なぜうまくなれないのか？」

ずっと自問自答を繰り返しながら歩いていると、やがて、神田川の川べりにたどり着いていた。すでに日も暮れている。左右を見たら、誰もいない。そんなホッとした気持ちでつい涙腺がゆるんだのか、たちまち涙が溢れて飛び出してきた。止まらなかった。10分たっても、20分たっても止まらなかった。

「ヘタな欽ちゃんを怒りたくはない。ただ、悲しい。でもこの悲しさをウチに持って帰るのは、あまりに惨めすぎる」

そんなことをとりとめもないままに考えていると、自分の存在がどんどん矮小なものに思えてきて、情けなくなって、苦しくて、どうしようもなく切なくって、永遠に止まらないんじゃないかと思うくらい、涙が溢れてくる。

このままじゃいけない、と感じた欽一の右手には、その日使った台本が握られていた。まるで、それが今までの苦悩の象徴のように感じられた刹那、欽一は台本を思い切り川に向かって投げ捨てた。

そこでようやく涙は打ち止めになった。

「ヘタでも生きていこう！　明日からまたガンバろう！」

とても強引な気分転換だった。


坂上の新宿コマ劇場の仕事も続いていた。ただ、相変わらず「中二階さん」の楽屋の一番出入り口に近い化粧前で、役柄もちっとも良くならない。

とにかく彼がコマ劇場で当てられた役といえばロクなものではない。

昭和39年8月の「納涼コマ喜劇」公演の『大江戸遊侠伝』では「お化け学校の生徒たち」のひとり、翌年正月の「初笑いコマ喜劇」公演の『大当たり千両鳶』では「岡っ引きの乾分C」、『乾杯！　たぬき課長』では「バタ屋」。役名さえつかない。

昭和40年8月の村田英雄公演でも与えられた役は「若者1」だった。

それでも彼は文句ひとついわずに、黙々と役柄をこなした。もっとも文句を言ったら、「じゃ、お前はいらない」とクビになるのがオチだったろうが。

安藤ロールの名前を本名の坂上二郎に変えたのも、この頃だ。

ちょうど村田英雄公演の楽屋で、坂上と山賀日出男のふたりが公演を終えて、化粧前のトロふきやコールドクリームをバッグに詰めていた時のこと。ひょっこりコマのプロデューサーの北村三郎が楽屋に入ってきた。

「安藤ちゃん、また11月には出てもらうから、よろしくね」

「ありがとうございます」

坂上は深々と頭を下げた。彼は、人と心を割って語り合うのは苦手だが、礼儀についてはバカっていねいなくらいシッカリしている。

「ただね、安藤ロールって芸名は、もうピンとこないんじゃない？　ロック&ロールで漫才やってた頃の名前でしょ。もう役者になったんなら、ちゃんとした名前つけなよ」

「だったら、どんな名前がいいですかね？」

横にいた山賀が、話に加わって、

「あんた、本名、なんていったっけ？」

「坂上、二郎っていいますが」

「あ、ならそれいいじゃない。坂本とか坂田とかはいるけど、坂上って名前はあまりないからさ」

「坂上二郎か。なかなかいい名前だ」

北村もうなずいてる。

「しかし、二郎なんてのは二枚目の名前でしょ。ボクに合いますかね」

「二郎は二枚目じゃないよ。二枚目ってのは鶴田浩二とか佐田啓二とか、下に『二』が付くんで、上に『二』がつくのはコメディアンだっておかしくない」

「決めた！　坂上二郎、これでいこう！」

ほぼ北村の一方的な思い込みで芸名変更は決まってしまった。

ただし、名前が変わったからといって、役柄までが変わるわけではない。11月の江利チエミ公演でも、与えられた役は「店の客1」。やっぱり役名はつかなかった。

それでもまだ、中川プロ所属の俳優として新宿コマの舞台に立てた間は、低空飛行なりに生活は安定していた。水商売で働く妻・瑶子との共稼ぎで、どうにかこうにか、家族三人なら食べていける。

坂上の過去をすべて承知の上で一緒になった瑶子は、まさしく「出来た女房」だった。

困った時は陰で質屋通いをしたりしながら、

「一人口は食えなくても二人口なら食える、ってよく言うでしょ。だったら、三人口はもっと食べられるじゃない」

などと笑いつつ、生活が苦しくても決して顔に出さない。それだけにかえって、坂上は「この女房と子供を守らなければ」という義務感が強くなる。

ところが、苦しいながらも安定した坂上家の生活基盤を揺るがす大問題が発生した。あまりにもタレントの数が増えすぎて全員に目が行き届かなくなったため、中川プロは、所属タレントの一部を整理することにしたのだ。要するにリストラ。いてもいなくてもいいランクのタレントは、全員まとめてお払い箱だ。

坂上がそのリストラ組に入ってしまったのは言うまでもない。

彼はあわてた。「中川プロ」の看板があればこそ、たとえその他大勢であっても新宿コマ劇場の仕事もくればテレビともささやかな糸でつながれる。その糸が切れてしまったら芥川龍之介の『蜘蛛の糸』じゃないが、地獄の底へとまっ逆さまではないか。

かつて中川プロにいて、欽一を連れて独立していった浅井良二に身柄を預ける道もあった。同じ事務所にいた者同士、知らない仲ではないのだし。

とは言っても、独立してまだ実績もなく、有名タレントもいない浅井の事務所では、中川プロのような力強いバックアップはとても望めない。それ以上に、果たして仕事がもらえるかどうかもわからない。

すでに30を過ぎて、家族を抱えていた坂上に「冒険」は許されないのだ。

○

「一度、ちょっと会ってもらえませんか？」

意外な人物からの電話に、新美正昭は少しマゴついた。彼はちょうど浅井良二と同世代のマネージャーであり、もともとは伴淳三郎、清川虹子らが所属する日芸プロの社員だったのだが、喜劇界の大御所・森川信とともに独立、「ニューキャスタープロフ」という事務所を新橋に開いて社長におさまっていた。

当時の新美は森川を抱えていたお陰で仕事も順調。テレビや舞台のプロデューサーと仕事の打ち合わせに走り回る毎日で、無名の萩本を抱えてアタフタする浅井とは、それこそ競馬でいって２馬身も

3馬身もリードしている状態だった。

そんな忙しい最中に、安藤ロールこと、坂上二郎から「相談したいことがある」との電話だ。いったい何を相談しにきたいのか、見当もつかない。という以上に、新美にとって安藤ロールは、わざわざ相談に来られるほどの深い関係ではそもそもなかった。

彼と坂上との関係は、ちょっとした顔見知り、という以上ではない。森川が座長でコマ劇場の公演をやる時、中川プロの推薦で入ってくるので、顔と名前くらいは知っていた。ただし、印象としてはその他大勢の出演者のひとりであり、その前歴も知らなければ、親しく言葉を交わしたこともない。「あいつは伸びるぞ」と注目した覚えもまったくない。森川に特別目をかけられていたわけでもない。

それより、新美の頭を占めていたのが、すでに5～6人はいた森川の内弟子のことだ。みんな坂上より少し若いか同年代で、森川の公演があるとくっ付いて出てくる。だが、誰ひとりとして単独で仕事を取って来れたり、スターとして大きく飛躍しそうな雰囲気を持っている人間がいないのだ。

全員が全員、森川の足にぶら下がってる「スネかじり」だった。マネージャーとして、そんな彼らも何とか形にしてやらなきゃならない。

「どうしたもんかなァ・・・」

頬杖をついて、ため息をもらした時、ドアが開いて坂上が入ってきた。新美は頬杖をついたまま、坂上を見つめた。

「あら、安藤さん、どうしたの・・・？　あ、そうか、用があったんだっけね」

うっかり会うことさえ忘れていた新美に、「どうも」と坂上は、いつものようにバカっていねいに頭を下げた。緊張しているのか、手足が固まっていた。

用件を聞くと、要するに自分を新美の事務所に入れて欲しい、というのだ。

「しかし安藤さん、頼るんなら、ボクなんかより、浅井ちゃんなり、中川で一緒だった人がいるでしょ」

坂上は無言でうつむくだけだ。彼にとって、大事なのはとりあえず家を守り、自分の生活を守ることだ。そのためには、今できるのは森川信の傘下に入り、「スネかじり」の一員に加えてもらうしかない。

だが、新美としたら、ただでさえ「スネかじり」が多くて弱ってるのに、これ以上増やすわけにはいかない。

「ウーン、困ったなァ。安藤さん、ウチにも安藤さんと同じくらいの連中が何人もいるでしょ。希望通りに売り込みとかやってあげられる時間はないと思うんだ」

「そんな大それたことはいいです。名前を置いてもらうくらいで」

「名前を置くっていったってね、所属にするなら、それ相応のことはしなきゃ。もっと若いうちなら森川の付き人やって、それからって手もあるけど、そんな年じゃないもんね」

「やります、何でもやらしてください」

「そりゃムリだよ。安藤さんのためにならないって。キャリアだって長いんだしさ、もっと別な、安藤さんを本気で売ろうとする事務所、見つかるよ」

とどのつまりは「拒絶」だ。新美でなくても、この頃の坂上を見て、「面倒見てやろう」と手を上げる事務所はおそらくなかっただろう。

舞台の場を失った坂上は、当時住んでいた埼玉県の浦和にほど近い西川口のキャバレー「ロータリー」の司会で、かろうじて生活費を稼ぐ日々が続く。

そして妻・瑶子のお腹には、すでに子供が宿っていた。坂上にとっては二人目の子供だ。

内職で、苦しい家計を助けていた瑶子も、もはや仕事は続けられない。

芸能生活ドン詰まり、家族のためには、いつこの道を断念してもおかしくない状況だ。

「やっぱりオレが『看板さん』になるなんて、夢の夢なのかなァ」

「大丈夫。あなたはきっと当たる人よ。私はずっとそう思ってる」

こんな瑶子の励ましだけが、坂上の心の支えになっていた。男は誰でも、女の支えがないとすぐ壊れてしまう、脆い生き物なのかもしれない。

第6章　はかま家の若者たち

頼る者もない坂上に比べて、欽一の方は過保護なほどの向井と浅井の庇護があった。

「欽ちゃんが一流になるには、今、一番テレビ業界で突っ走ってる売れっ子放送作家のエキスを吸収させよう」

と、向井が連れて行ったのが、テレビ、ラジオ合わせて週17本ものレギュラーを抱え、『歌のミラーボール』の台本も書いていたはかま満緒の家だ。山手線の新大久保駅にほど近い新築の2階建てで、持ち主はＮＨＫの職員。建てたはいいが、その人が急にニューヨークに駐在することになり、代わりにはかまが賃貸で入った。

実は、なぜかそこに中川プロを独立した浅井良二の事務所もあったのだ。もともとテレビ局で浅井と知り合ったはかまは、「お笑い界の歴史を変える若い力を育てよう」という一点で意気投合。独立したはいいが、これといって売り物になるタレントもなく、金欠で困っていた浅井に、「だったら、ウチ使いなよ」と家の1階を提供したのだ。

つまり、1階に「浅井企画」の看板がかかり、2階がはかまの住まい。

ところが、住まいといっても並の住宅ではない。奥の寝室、日本間、台所はとりあえずはかま夫婦の居住空間だが、階段上ってすぐの15畳ほどの仕事場は、集会場というか、お笑いの道場というか、はかまゆかりの漫才師やらコメディアンやらテレビ局のディレクターが入れ替わり立ち代り現れては、ほとんど連日連夜、「ギャグの研究」という名目でのバカ騒ぎが繰り返されていた。

さすが当代一の売れっ子放送作家・はかまが引き寄せるだけあって、当時の若手お笑いタレントで、来たことがない人の方が少なかったくらいだ。

ズラッと名前をあげていこう。

てんぷくトリオで一世を風靡した三波伸介は、ちょうど家がすぐそばだったのもあって、ちょくちょく顔を出していた。当然、戸塚睦夫、伊東四朗のふたりが一緒についてきたこともある。

浪曲を売り物にしていたコメディアン・玉川良一も常連グループだったし、日劇ミュージックホールの主として、地味だが誰にもマネのできない個性的芸風が後輩たちに慕われた「和っちゃん先生」こと初代・泉和助もよく来ていた。すでにスターになった連中としてはナンセンストリオ、晴乃チック・タック、トリオ・ザ・パンチの内藤陳、それになぜかアイドル・グループだったスリーファンキーズの長沢純が「ギャグの勉強をしたい」とこまめに通ってきていた。

ポール牧はまだ無名だったが、インド人の相方を連れ、「インドマジックを取り入れたお笑いをやる」

と宣言したが、すぐにコンビを解消してしまう。映画の軍人役がピッタリとハマっていた南道郎、それに若手の成長株として期待されていた大空なんだ・かんだ、桂高丸・菊丸あたりも顔を見せていた。

はかまの弟子の若手放送作家連中も、また賑やかだ。日大芸術学部を卒業したばかりの市川森一は、「お前のコントは長すぎる」といつもはかまに突っ込まれていたクチだ。原稿１～２枚ですっきり終わらせるがコントの定石なのに、市川は、いつも設定まで綿密に書いてしまうために５枚とか10枚とかになる。

「そんなに書きたきゃ、ドラマ作家になれ！」

はかまが冗談半分に言ったのが本当になって、後に彼はドラマ作家として大成した。

一方で、その対極のように、やる気があるんだかないんだか、コントを書くというより、生活そのものがコントのような男もいた。岩城未知男だ。

彼のおバカなエピソードは、数限りない。喫茶店に行き、ポケットからマジックを取り出してテーブルに灰皿の絵を描き、それを本当の灰皿代わりにして使った、なんて話は序の口。別の喫茶店では、「きょうは暑いな」とウェイトレスに水をもらい、その水をズボンの中に流し込んでウェイトレスの驚いた顔を見て楽しむ、なんてこともやってる。

売れっ子になって、彼が『シャボン玉ホリデー』の作家のひとりで入ったが、あまりに台本の締め切りを守らないのでディレクターに会議室でカンヅメにされたことがあった。しばらくたって、岩城が「できました」とだけ言って帰ったのでさっそくディレクターが原稿を見たら、表紙に、何色もの色を使った克明なウンコの絵が描かれていて、次のページを開けると「表紙に時間がかかりすぎて、中身まで手が回りませんでした」とだけ書いてあって、中はまったくの白紙だった。

一歩間違えば「変質者」、岩城はそのギリギリの手前で踏みとどまってお笑いの原稿を書いていたといえる。

岩城、市川、欽一の、まったくキャラクターの違う3人が、偶然、同じ昭和16年生まれなのも興味深い。そこにNHKの滝大作やTBSの向井、テレビ朝日の安藤仁といった面々も、有名無名の若手たちを連れてやってくる。

まだプロのお笑いとはいえない連中もとっかえひっかえやってきた。その中の一人に、左とん平の弟子になりたくて断られ、偶然会った浅井を頼って「浅井企画」の電話番として雇われた白澤力という若者がいた。でも、1階で電話の応対をしているだけではつまらない。ちょくちょく2階に顔を出しては、はかまを中心にかもし出される「時代のエキス」を味わっては興奮していくうちに、やがて彼もまた若手コメディアンとしてのデビューを果たす。後の車だん吉だ。

階段を上がってすぐにはかまのデスクがあるが、はかま本人が居ようがいまいが、集まった連中はずっとギャグの練習をしている。

一番よくやったのが、テレビを音を消して、自分たちで勝手にアドリブの吹き替えをする「吹き替えゴッコ」だ。はかまが仕事から帰ってくると、「よし、お前はこの役」とその場にいる人間で役柄を決めて、すきなようにしゃべらせる。それでももし面白くなかったら、みんなの前で許してもらえるまで謝らせる。

「すいません」

「バカヤロー！　ただ、すいませんですむか！　そんな短い謝りの言葉じゃ許さない。3分間謝れ！」

「本当に皆さんどうもすいません。私のアドリブがヘタなばかりにこんなに、皆さんにご迷惑をおかけしまして・・・えーと・・・」

「つっかえたから最初から！」

「はい、じゃ、これからはもっと精進して、素晴らしいセリフを言うようにガンバラさせていただきたいと・・・」

「顔が気に食わない。あんまりすまなそうな顔じゃないから、最初から！」

「わかました。申し訳ございません、これからは注意して・・・」

「ほら、手が謝ってない。ちゃんと膝に手をついてないからもう一回！」

てな具合に、はかまから次々にツッコミが入る。これを突破して、どうにか謝り終わるのに、早くて10分や15分はかかった。

部屋の隅っこの方でいるかいないかわからない欽一も、ギャグの練習となると、身を乗り出してくる。ただ「吹き替えゴッコ」は何度やっても、だいたい15分は謝らなくてはいけない結果になった。万一のためにと、欽一がいつも定期入れの中に忍ばせておいた、まだ発行して間もなかった伊藤博文の千円札を、「こんな金をもってるから、いいギャグが出ないんだ」とむしりとられたこともあった。

惜しいけど、文句は言えない。自分が面白いことが言えないのが悪いのだから。

それでも一度だけ、欽一がはかまに「それ、面白い！」と言われた傑作アドリブがあった。『モーガン警部』というアメリカの刑事ドラマで、犯人を追ってガソリンスタンドにやってきた警部が、どうやらスタンドの店員に「犯人はどこに行った？」と聞き込みをしているらしいシーン。音を消して警部役を振られた欽一は、とっさに、

「ここはリッターいくらかね？」

と言ったのだ。後にも先にも、「吹き替え」で欽一がはかまに誉められたのは、それだけ。けっこう厳しい。

はかまは、とにかく「ゴッコ」を考えるのの天才で、みんなでいろんな「ゴッコ」をして遊んでいるうちに、若手のタレントや放送作家たちは、ギャグを作る発想や、それを出すタイミングなどを学んだ。

「ゴッコ」のひとつ、「スローモーションごっこ」で苦労した若手タレントも多い。2階から、家の横に生えた木を伝ってスローモーションで下に降りよう、と誰ともなしに話が決まったのだ。別に体でギャグを覚えるためとかそんなんじゃない。ただちょっと面白そうだっただけだ。

それでさっそく最初に降りて見せたのが、泉和助だった。タップダンスもうまければ殺陣も絶品、体の動きに関しては日本でも指折りの彼は、みんなが見ほれるくらい見事に、スローモーションの動きで2階の窓から玄関の前の通りに降りて見せた。

コメディアンなら、これくらいは当たり前だ、と口に出さずにさりげなく体で見せる泉は、やはりカッコいい。

だが、みんなが泉のように鮮やかにできるわけじゃない。特に情けなかったのが車だん吉で、２階の窓を開けて木に移ろうとしたら手が滑って、一気に地面に落下。体をしたたか打ちつけた。

しかし、誰も同情してくれない。「何で落ちるんだ、バカヤロー！」と罵倒の嵐。中でも本気で怒ったのが泉和助だった。

「お前、こんなこともできなくてコメディアンになりたいなんてのは、とんでもねー」

「すいません」

「ほら、痛いって顔するな！　痛くても平気な顔してるのがコメディアンってもんだ！」

ケガして痛い上に怒られるんじゃ、だん吉も立つ瀬がない。

なおもスローモーションごっこは続き、一番最後に若手コメディアンが降りたところで、ちょうどパトロール中のお巡りさんに見つかってしまった。もちろん、お巡りさんとしては、不審者として職務質問するに決まってる。

「なんで窓からわざわざ降りてくるんだ？」

「上から下に降りてこようと思いまして」

「降りてくるのに窓を使うか！　この家は階段がないのか！　正直に言え。ドロボーしてたんだろ」

「違いますよ。コントです。コント」

「コントってなんだそれ?」

昭和40年当時、まだ「コント」という言葉はあくまで芸能関係の業界用語であって、一般人にはピンとこなかったのだ。

「あの、つまり、寸劇です」

「どこに寸劇で窓から表に逃げ出すヤツがいるか! 何を盗んだか、さっさと白状しろ!」

「もう、中に家の人もいますから、事情聞いてくださいよ」

さっそくお巡りさんがそのコメディアンを連れて、中のはかまに訊ねる。

「この人、ご存知ですか?」

「はい」と答えるかと思いきや、はかま、

「いいえ、ぜんぜん知りません。そうですか、ウチに忍び込んでたドロボーですか。危ないからさっさと警察に連れてってください」

○

はかまは、いつ来ても目立たず、あまり発言もしない欽一を買っていた。どちらかといえば浅草ではボケ役だった彼を、「あいつはいずれうまいツッコミになるかも」と目をつけたのがはかまだった。

ある時、急にはかまが草履が欲しくなったことがあった。講演に呼ばれたんで、草履を履いて出た

い、となぜか思い立ったのだ。すると欽一、

「それは先生、浅草の問屋街に行けば安くていろいろあります」

と言って、すぐ買ってくる。簡単なようでいて、普通のコメディアンはなかなかこういう気配り、フットワークがないのだ。他の若手コメディアンに話しても、たぶん、「あー、草履、欲しいんですか?」と聞き流すだけだろう。

あいつは神経が細かく、いつも他人を観察している、ああいうのがツッコミに向いてる、とはかまは分析した。

その上で、彼は欽一の相方に相応しい若手を物色しだした。

最初にくっ付けてみたのが、エノケンの運転手もやった東勝郎という男で、ニヤケ型の色敵タイプだったが、いかんせん、東がヘタでコントそのものが成立しない。

そこで、タイプを変えて、欽一と組ませてみたのが、大谷惇というコメディアンだった。すでに日劇ミュージックホールにも出ていて、ちょっと三木のり平を若くしたような、都会的なボケを得意とする若者だ。

はかまは、ふたりにまず簡単な設定を口だてで与えて、コントを作らせてみた。

「まず惇、お前が豆腐屋でラッパ吹いてる。そこに焼きいも屋の売り声を上げてる欽坊が来るだろ。ところが並んでるとどっちもぜんぜん売れない。惇が『イモイモってうるさいな、売れないじゃないか』と怒れば、欽坊も『あんたがプープーいうから、お客が逃げてく』と怒る。で、豆腐屋と焼きイ

モ屋はケンカになる。さ、そのケンカを好きにやってみろ！」

1時間でも2時間でも、やりたいだけやらせた上で、面白い部分を10分程度に縮めてはかまがコントにまとめるのだ。

「ギャグ&ギャグ」とコンビ名までつけて、はかまは自分の顔でふたりをテレビの演芸番組に押し込んだりもした。理想系としては、垢抜けたボケ役・三木のり平と、それを突っ込み倒した天才コメディアン・八波むと志のコンビのイメージがあったかもしれない。

だが、結果としては噛み合わなかった。

欽一が浅草で身に付けた芸は理屈ではないのだ。どのタイミングで倒れれば、お客さんが一番喜んでくれるか、どのタイミングで飛べばより舞台が賑やかになるか？　発想はまずお客さんを喜ばせるところにある。

一方の大谷は、丸の内で仕事をしていただけあって、より「近代的」な新劇っぽい根がある。倒れるのでも飛ぶのでも、なぜこの人物はその動きをしないといけないのか、といった必然性がないと納得できない。

もっと端的にいうなら、欽一は台本がない方がイキイキ動くが、大谷は台本がないと動けない。うまくいくはずがない。

はかまと浅井は、やはり欽一は単独で売っていくしかない、と決断した。

○

しかし、限界は近づいていた。

向井、浅井、はかまの三人のバックアップにもかかわらず、欽一はいっこうに芽が出ない。三人に対して申し訳ない、と思うと、ますます気持ちがマイナス方向に向いてしまってドロ沼にはまったまま、手足をバタバタさせればどんどん沈み込んでしまう。

浅草新喜劇の舞台を知っている向井は、どうしたらあの時の、若くて溌剌として清潔感のあった欽ちゃんに戻るのか、頭を抱えていた。

解決策はオボロゲにはわかる。新喜劇時代、欽ちゃんは「座長」だからよかったのだ。台本に制約されず、先輩にも制約されず、自分のやりたいようにノビノビとやれれば、その持ち味はいきる。ただ、わかっていたからといって、テレビでそれが実現できるわけがないのだ。名もなく、さほどのキャリアもない彼に「座長」を任せてくれるほど、テレビの世界は甘くはない。

となると、欽一は、台本や、先輩や、それにテレビのフレームやディレクターや、そういういろんな制約を受けた中で「結果」を出し、生き延びていくしかない。

向井は、自分が出来る限りは、欽一を守ってやろうと思った。ただ、守るといっても、たかが一ディレクターの力で、どこまでやれるやら、自信はなかった。

とにかく、金曜夜7時、向井がディレクターをすることになっている新番組がある。公開コメディで、タイトルはスポンサーである仁丹の名前をとって『ジンタカパンチ』だ。そこに欽一の役もいれてあげよう。

だが、番組は、スタート前からいきなりトラブッてしまった。

設定は芸能プロダクション、それで社長役に玉川良一を据え、その女房は喜劇女優として当時売れっ子だった宮地晴子、社員に左とん平、鈴木やすし、漫才のてんや・わんやなどの賑やかな面々も集めて、新人社員として欽一を入れる。

「萩本欽一？　誰だ、そりゃ？　もっと名の知れたのを使いなさい」

局の上層部の意向を抑えての、向井の強引なキャスティングだ。ま、そこまではいい。

トラブルとなったのは、レギュラーで入れるはずの美空ひばりの弟・香山武彦のドタキャン問題だ。香山に女装をさせ、ひばりそっくりの扮装で登場させてウケを取ろう、と向井が狙っていたのを、直前になってひばりの母親が察知。「そんなことさせられない！」と怒って、香山の出演を差し止めてしまったのだ。

全盛期のひばりの母の意向には、テレビ局も逆らえない。「すいません」と平謝りに謝るしかなかった。

船出前に起こった事件。向井は、これをキッカケに、また局の上層部やスポンサーが番組に介入してくるのを怖れた。このままだと、「てこ入れ」と称して、欽一のようにキャリアのない若いタレントはさっさと切られて、もっと安定したベテランを入れろ、などと言われかねない。

そこで向井は考えた。だったら欽一を、切ろうにも切れない、生ＣＭの担当にしてしまえばいいじゃないか、と。番組の中で進行を中断してＣＭを入れるこの生ＣＭ形式は当時のテレビ界でハヤっており、「やりたい」といえばスポンサーもイヤとはいわなかった。そのＣＭをしゃべる役を与えておけば、局もスポンサーも欽一をオロせなくなる。

そして、運命のあの時はやってきた。

第7章　運命的再会

場所は東京・蒲田の電子工学院。テレビマンを養成する専門学校で、そこに500人くらいのキャパのホールがあった。

録画は始まった。前半、『ジンタカパンチ』はほぼいつも通り大過なく進行し、いよいよ前半と後半のブリッジの役を果たす生CMのコーナーだ。

欽一のしゃべるセリフはだいたい台本2ページ分。

「春です。さわやかです。お釈迦様の誕生日です」から始まって「そんな時は梅仁丹。ひとつぶ手にのせ、サッサカ、ポイ！　あー、スーッとした！」まで、普通にしゃべれば1～2分の、そう長くないものだ。

リラックスしていれば、どうってことはない。が、欽一は緊張していた。異常なほどにカタくなっていた。向井の温情が重荷になっていたのもある。こんなに失敗ばかりしている自分に、まだチャンスをくれる。今度こそキチンとやらなかったら、向井さんに、それに浅井さんやはかまさんにも合わせる顔がない。

いや、それだけではない。彼の大の苦手の「制約」が、その体を硬直させていたのだ。

「常に笑顔を忘れるな」「サッサカ、ポイ！　の時には口に放り込むジェスチャーをしろ」「あー、スーッとした！　の時には胸に手を当ててスーッとしたポーズをとれ」「一言一言、よくわかるように大きく口をあけてしゃべれ」「定められた時間はきっちり守れ」などなどなど。２つ、３つどころか10個も20個も制約のある中での撮影だった。

ちょうど控え室に、かつて東洋劇場で同じ舞台に立っていたナンセンストリオの前田隣がいたが、あまりに固まってる欽一を見て、

「おい、欽ちゃん、大丈夫かよ」

とつい声をかけたほどだ。

本番が始まる前に、すでに欽一の頭は制約でがんじがらめになっていた。「セリフ」「笑顔」「ポーズ」「時間」などといった蝶々が頭上に舞い上がり、勝手にあちこちに飛び回ってる感じ。

舞台に登場しても、その蝶々は落ち着くことなく、頭上を飛び回っていた。

「欽坊、ちょっとおかしいんじゃないか？」

「そうですねェ」

客席にいたはかまと浅井にも、そのただならぬ雰囲気は伝わっている。

フロアディレクターのキューで、欽一は、立て板に水のように生ＣＭをしゃべりだす・・・かと思いきや、いきなりセリフが出てこない。しばらくの沈黙の後、「さわやかな春の日・・あ、違っちゃった、いけね！」といきなり最初からＮＧ。

これで、会場を埋めていた５００人の観客がドッと爆笑したものだから、頭上の蝶々は一気に真っ白になってしまった。

もう、誰も欽一を止められない。マトモに言おうとすればするほど、パニックはひどくなっていき、舌はもつれる、笑顔はひきつる、ポーズは忘れる・・・。また間違うたびに客にウケてしまって、笑いが収拾つかなくなる。

舞台ソデには、玉川良一や左とん平といったレギュラー陣だけでなく、由利徹、藤村有弘といった、欽一とは比較にならないくらい大物のゲストが後半に向けてスタンバイしているのだ。早く終わらせなくては、その人たちにも迷惑がかかってしまう。

欽一は、この場で腹を切って死にたくなった。死んであの世にいけば、とりあえず生ＣＭはやらなくてすむ。

1時間ほどかかって、ついに19回のＮＧを数えたところで、スタッフは諦めた。

「もういい。後半撮ってから、後で生ＣＭは撮りなおそう」

欽一があまりに笑わせすぎたため、観客も笑い疲れたのか、後半はいつもよりずっとウケが悪かった。

そうして、やっと本編の方の収録は終わり、また生ＣＭだ。客もすべて帰して、今度こそやってくれるだろうと周囲が期待して撮影は始まったが・・・。

「きょうはさわやかな春で・・・違う！」

やっぱりダメだった。カメラのすぐ後ろに控えていたはかまは、どうにかしてスムーズにいくように、手をかえ品をかえ、欽一に語りかけた。

「バカヤロー！　今度間違ったら破門だ！　一生、オレの家の敷居はまたぐな！」

といったかと思えば、その次は、

「すまん。今のは言いすぎだ。心配するな。お前の面倒は最後までみてやるから」

となだめて、気を静めさせようとする。しかし、どっちにしろ、うまくいかない。

結局、数日後に、スタジオで撮り直し。たったひとり、回しっぱなしのカメラに向かって、やっと最後まで正確にしゃべることができたのだ。

最悪の挫折。

ＮＧを連発した後の蒲田工学院の控え室、社員役で出ていた先輩役者のひとりが、欽一に罵声を浴びせ掛けてきた。

「てめーなんか、役者やめちまえ！」

口には出さないが他の出演者たちも同じ気持ちだったろう。

「どうして向井さんはあんなの使うんだよ」

露骨に声を荒げるスタッフもいた。

「二度とあんなヤツとカラみたくないね」

「オレたちまでヘタに見える」

聞こえよがしに欽一のすぐ横で話している出演者もいた。

浅草の東洋劇場に入って以来、コメディアンとして積み重ねてきた経験やささやかな自信は、木っ端微塵に飛び散ってしまったのだ。

彼は浅草の下宿に戻った。みゆきは地方巡業に出ていて、一人きりの部屋。欽一は、夜明けまで泣き続けた。雲に覆われた空は、星一つ出ていなかった。

○

本当に死のうと思った。

こんな、自分のような無意味な人間は生きていても仕方ない。6年も7年もお笑いの世界でメシを食っていながら、たかが1~2分のセリフもろくにしゃべれないような人間は。

生きることに疲れた。

テレビ局のディレクターに「もっとちゃんとやれよ!」とドナられるのも、大先輩に、「ヘタだねェ」と一瞥をくらって、その後無視されるのも、無名タレントをゴミ扱いするスタッフに「ちょっと、そこドケよ！」と邪魔にされるのも、疲れた。

死ぬのがいい。誰にも連絡せずに、ひとりで部屋にこもって死のう。

「テレビに行って成功する」

と言った手前、昔の仲間はもちろん、みゆきにさえ合わす顔はなかった。「みんなを面倒見てやる」どころか、もう、自分の面倒も見られない。

畳にあお向けになり、天井を見つめながら、欽一はどうやって死ぬかを考えた。

ただ、腹を切るなんてのは痛そうだから、やめる。手首を切るなんて、血が飛び散って汚い。ガスはくさいし、爆発すればまわりに迷惑をかける。首吊りも、死んだ後、大小便が出てきたりするのはカッコ悪い。睡眠薬は楽に死ねそうだが、もし見つかって胃を洗浄されたりするのはイヤだ。

餓死がいい。何も食べずに衰弱していき、ある日、コロッと死んでしまえれば最高だ。よし、食べるのを止めよう、と思ってはみたものの、まるっきり絶食するのは、ちょっとおっかない。そこでインスタントラーメンだけはとりあえず買い、生の麺をボソボソとかじりつつ、後は水だけ飲んで、何もせずにジッとしていることにした。

引きこもった。やがて1週間もした頃、栄養不足で目はかすみ、立ち上がっても体はフラフラ。もはや買ってあったインスタントラーメンは残り少なく、それにも関わらず何か食べ物を買おうという気力もない。

「まだ20代も半ばにして、この世とお別れか…、お父さん、お母さん、先立つ不幸をお許しください」

と遺書の文句まで朦朧とした頭の中で浮かべていた時、ひょっこりひとりの男が欽一を訪ねてきたのだった。小田憲司といって、「浅草新喜劇」の公演の際にも手伝ってくれたお笑いの先輩だ。彼が、まさに欽一を死神から引き離し、この世に引き戻した恩人だったといっていい。衰弱した欽一を見るなり、小田は、

「バカなマネすんじゃないよ！」

一目見て、欽一が死ぬ気でいるのがわかったのだ。彼は、思い込むと回りも関係なく一気に突っ走る欽一の体質を知っていた。

「テレビで何があったのか知らないが、そんなに思いつめることはないだろ。ちょうどいい、オレ、欽ちゃん誘うつもりできたとこなんだ。一緒に熱海行こう。温泉入ってうまい物食えば、イヤなことはみーんな忘れるよ」

その時、小田は熱海の『つるやホテル』でフロアショーの司会をしており、そこに出る芸人をひとり捜していたのだった。欽一なら若くてイキもいいから、ちょうどいい。

「やってくれよ。欽ちゃんなら絶対にウケるって」

その一言が、欽一に再び生きる希望の灯をともした。まだ自分に「絶対ウケる」と言ってくれる人がいる、この新鮮な驚きが彼には心地よかったのだ。テレビで、ずっと「お前なんかダメだ」「どうしてそんなにヘタなんだ」「ウケるわけないよ」と罵倒され、ナメられ続けた日々。誰も「欽ちゃんなら絶対ウケる」なんて言ってくれなかった。浅井ですら、「どうしてウケないんだろうな・・・」

と頭を抱え込んでいたくらいだから。

欽一が即座に熱海行きを承諾したのは言うまでもない。

熱海にいくに当たって、欽一は浅井に挨拶に行った。その頃の浅井は、新大久保のはかま宅を離れ、新橋にある「富士企画」という芸能プロダクションの中にデスクを構えていた。だが、

「もうテレビはいいです。熱海に修業に行って来ます」

欽一に切り出された時の浅井は、たとえようもないショックだった。彼は、まだ欽一の可能性を信じていたのだ。欽一の、どこかピュアで、でも歯切れが良くて、動きの切れもいいあの芸風が、いつかテレビにも受け入れられる日が来る、三木のり平や八波むと志や、数多くのお笑いタレントを見ている浅井は、直感として欽一の成功を予感していた。

いや、それ以上に賭けていた。

金も稼がない欽一にかかずらわってるばかりに、独立したはいいが浅井企画は一向に収益が上がらない。が、すでに妻の実家からも多額の借金をし、家代々の山林まで売らせてしまっている。ギャンブラー浅井としても、賭けられるだけの賭け金は、もはやすべてつぎ込んでしまった。後退はできない。欽一だけではなく、浅井だって一歩間違えば自殺に追い込まれかねない状況だったのだ。

「苦しいようなら、浅井企画の看板は一度はずそう」

そうはかまに進言され、浅井は渋々ながら吸収合併の形で「富士企画」に加わった。「富士企画」は、人気女優の久里千春、その夫でトッポ・ジージョの声優として知られる山崎唯、それに渋い演技派の

牟田悌三などを抱え、中堅ながら着実に仕事の幅を広げている。そこで、お笑い系にも強い人もいた方がいい、と白羽の矢が立ったのだ。浅井側だけでなく、富士企画側のタレントについても売り込む約束で、浅井はすべての経費を自分がかぶる状態からは免れた。

が、表向きは一社員ではなく共同経営者の扱いではあったが、浅井側にこれといったタレントがいない以上、結局は「居候」でしかなかった。

欽一の成功を突破口に、浅井企画として何とか一本立ちし、残っていた借金も全部払って世話になった人たちにも恩返ししたい。そのためにも、欽一にはテレビで当たってもらわなくては困るのだ。

「まだテレビで売れる可能性がなくなったわけじゃない。仕事は捜せばあるから」

浅井は懸命に引きとめたが、一度思い立つと、もう後戻りがきかないのが欽一の性格だ。

目の前にいるお客さんに向かって、思う存分、自分の芸をぶつけよう。それでもしダメなら、今度こそ錦ヶ浦に飛び降りて死んだっていいじゃないか。そんな欽一を止められないのは、浅井もわかっていた。

結果として、熱海行きは、欽一にとっての大きな転機となった。

彼のコーナーに登場するのは、あくまで彼ひとり。たとえ温泉ホテルの団体客相手のフロアーショーといっても、それは萩本欽一ワンマンショーなのだ。テレビと違って、どんな制約もない。自分が好きなように構成を考えて、好きなようにアドリブを飛ばせる。テレビで手かせ足かせに苦しんでいた彼が、ここで生き返った。

たとえばこんなネタがあった。欽一が、中学の学生服で登場する。団体客の中に一組の中年夫婦がいたりしたら、いきなり夫の方に「とうちゃん！」とやるのだ。

「とうちゃん、なぜ僕らに黙って、こんな女と再婚したんだ！　かあちゃんの方がずっとキレイだったのに！」

と責める。そこで奥さんの方が欽一の背中を笑いながら叩こうものなら、

「痛い！　何て痛いんだ！　とうちゃん、こんな女とは早く別れた方がいいよ。じゃないと、体中叩かれて傷だらけにされちゃう」

と返す。そこで別れ別れになった親子、という設定を強引に作って、アドリブで20分でも30分でも押し切ってしまうのだ。客たちもドカドカ笑ってくれた。テレビではまったく役に立たなかった浅草での客前の芸がここでは生きる。

シロートいじりをさせると、欽一は、水を得た魚だ。相手の顔、服装、口ぐせからちょっとした仕草にいたるまで、ツッコミの対象にならないものはない。

相手がピクッと指を動かしただけで、

「ホラッ、とうちゃん、動揺してる！　今、指がピクッといった」

ピンポイントで反応していく。

嬉しかった。舞台でなら、自分は思う存分、持っている力を発揮できる。久しぶりに、かつて「浅草新喜劇」時代に持っていた「日本一のコメディアン」になる夢が蘇ってきた。別に制約だらけのテ

レビになんか出なくたっていいのだ、舞台で、イキイキと動いてしゃべって、それで日本一になる道だってある、と。

温泉につかり、うまい物を食べながら、新しいコントのネタも次々と考えた。でも、ちょっとでも面白くないと気付くと、惜しげもなく捨ててしまった。

「どうせやるなら、これしかない、っていう最高のコントが作りたい」

考えては捨て、考えては捨てていくうちに、どうしても1本だけ、捨てられないコントが残った。

設定はこうだ。ある学者が「お酒をチャンポンで飲むと悪酔いをするからやめよう」という講演をしている。そこへ、学者の弟子である学生さんが来る。学生は学者がもっともらしく、「酒は飲みすぎてはいかん！」などというと、「先生だって、けっこう飲んでるくせに」などとちゃちゃを入れる。

最初はガマンしていた学者もとうとう頭に来て、「なんだと！　お前、昔、オレが拾ってやったのを忘れたのか！」と叫び、続けて、「思い起こせば13年前！」と絶叫する。すると、学生はその恩を思い出して、「オオーッ！」と泣く。それからは、学生がちゃちゃを入れるたびに「思い起こせば！」とやって泣かす。泣きながら学生は、学者が講演用に使っている机の足が揃っていないのに気付いて、ノコギリを持ち出して、ちょっとだけ削る。すると今度は、削った足が短くなりすぎたので、また別の足を削る。あっちを削り、こっちを削りしていくうちに最後は足がなくなってしまい、とうとう学者は、その机を抱えて、「えー、弁当！」と駅弁売りになってしまうのがオチだ。

これが、後にコント55号の出世作となる、『机』と名付けられたコントの原型だ。

「浅草の舞台で、このコントをやろう！」

欽一は決心した。やはり自分の故郷は浅草の、あの舞台だ。そこで自分自身を試してみたい。もしこれがぜんぜんウケないなら、もうコメディアンなんかやめたっていい。どうせ名もない一芸人がやめようがどうしようが、世間からすれば別に関心はない。

〇

東京に戻ってすぐ、欽一は新橋の事務所にいる浅井に挨拶に行った。

「やはりテレビには戻りません。浅草の舞台に戻る」

欽一のこの言葉は、浅井も半ば予想していた。だからこそ、欽一をもう一度説得しようと待ち構えていたのだ。

お互い大きな声を出して事務所の人たちに迷惑をかけるわけにはいかない。そこで、浅井は欽一を新橋駅の烏森口前に連れ出した。改札を出てすぐ前に電気屋があり、ショーウィンドーには、形や大きさの違うテレビが何台も飾られていた。

「もうテレビには出ません」

欽一は、また前と同じ言葉を繰り返した。

「テレビって、キレイでカッコよくて、面白くて、みんなが知ってる有名人が出ればいいものなんです。ボクみたいな有名でもなくて面白くない人間が出ても、惨めで、ただ悲しいだけです。出たって仕方ない。それより浅草の舞台に立っていた方がいい」

「欽ちゃん、それはおかしいよ。欽ちゃんは日本一のコメディアンになりたかったんだろ。だったらテレビでまず顔を知られなきゃ。浅草にいたって、誰も顔を覚えてくれないじゃないか。だから浅草のコメディアンだって、みんなテレビに出たくて、一生懸命売り込むんじゃないか」

「でも、テレビに出てる人は、社長さんの息子とかプロデューサーの親戚とか、そんな人たちばかりなんでしょ。じゃなきゃ、あんなにテレビ局の人と親しく話ができるわけないじゃないですか。お金持ちでもなく、テレビ局の親戚もいないボクを、テレビが大事に使ってくれるはずありません」

「誤解だって！　欽ちゃんも、努力すればテレビは使ってくれるよ」

「いやです。ボクはもう、あんな惨めな思いはしたくない」

「少しぐらいガマンもしなきゃ。八波さんだって、のり平さんだって、売れてるコメディアンは誰でも、最初は苦しかったんだ。苦しくてもガマンして、ようやく一流になってくんだよ。欽ちゃんだってそれくらいわかるだろ」

「わかりません。ボクはテレビが嫌いなんです。浅草に戻って、お客さんの前で芸人をやりたい。浅草のお客さんにウケないのなら、やめたっていいんです」

こんなやりとりが3時間も4時間も続いた。

欽一は、もう話すだけムダだと思った。

「自分の気持ちは変わりません。テレビに出ないのならお前の面倒を見ない、というのなら見なくても結構です」

そう言い捨てて、欽一は改札を入り、国電のホームに駆け上がっていった。ちょうど全身緑色の山手線がホームに入ってきたところだった。

○

『机』を演じるためには、どうしても相方が必要になる。欽一がまず考えた相手は、田畑俊二だった。東洋劇場、フランス座、浅草新喜劇、エーワンコミックと、欽一が歩いてきた道程には、いつも７歳年上でありながら欽一をリーダーとして立て、彼の補佐役に徹してきた田畑の姿があった。

欽一側にも、田畑なら声をかければやってくれそうな甘えがあった。だが、事はそう簡単にはいかない。

「悪い。その話、しばらく待ってくれないか」

遠まわしな拒絶の言葉が田畑から返ってきたのだ。

田畑の側の身になってみれば、そう答えざるをえない。テレビに進出する、という欽一の一方的な都合でエーワンコミックは解消。やむなくギャグ・メッセンジャーズとしてトリオを組みなおしてから、どうにか田畑や須磨にもテレビの仕事が来始めたところだった。ことに、インディアン少女風に女装した田畑が、ゴリラの着ぐるみを着た須磨を調教する際に独特のイントネーションで放つ、「私の気持ちはわかるわね?」という言葉のギャグはちょっとした流行語になっていたのだ。

ようやく順調に回転しはじめた時のいきなりの欽一の誘い、田畑が「自分勝手もいい加減にしろ!」とドナってもいい話だ。だが、気のいい彼に、そんなセリフは吐けない。かろうじて「しばらく待って」と答えるしかなかったのだ。

欽一も、察した。もうそれ以上は頼まなかった。

「もしも」は人生を考える上では禁物かもしれない。だが、もしもこの時、田畑が欽一の誘いを受けていたら、果たしてどうなっていただろう? あるいは、独特のイントネーション、独特の動きが案外似通っているこの二人では、互いのキャラクターを消しあい、あのコント55号の爆発的大成功はなかったかもしれない。いや、それでも欽一の天才的センスがあれば、やはり当たっていたのかもしれない。

少なくとも、結果的にみると、田畑はお笑い界のスターになるチャンスを逸した。だが、この時点でいったい誰が、ほんの2年、3年後の萩本欽一を予想できたろうか?

傷心のまま、久々の浅草の下宿に戻ってきた欽一。ちょうど帰って1時間もしないうちに、「欽ちゃん、電話だよ!」と下から声がする。すぐに階段を降りて、黒電話の受話器を取ると、向こうから意外な男の声が聞こえてくるのだった。

「あ、欽ちゃんか。オレ、坂上・・・いや、安藤ロールだけどね」

フランス座で一緒だった、とはいっても、毎日口もきかず、ただステージの上でケンカまがいのコントばかりやってた安藤ロールこと、坂上の声だったのだ。

中川プロを離れた坂上は、どうにかして芸能界で生き残りたかった。そのためには、自分にはもうお笑いの道しか残っていないのも知っていた。しかし、チャンスもなければ、その頃ハヤっていたトリオを組もうにも、組む仲間も見つからない。毎日、キャバレーの司会をやりながら、細々と生活費を稼ぐしかなかったのだ。しかも、家計を助けていた妻は妊娠中で働くのもままならない。

ある時、坂上は、コマで一緒だった知り合いに「ピエロのメイクってどうやるか教えてくれ」と言って来たことがあった。その知人は理由も聞かずに教えたが、それは、サンドイッチマンよろしく、ピエロの格好をして、表でキャバレーの呼び込みをやるのが目的だったのだ。そこまでやらなければならないほど、生活は逼迫していた。

どうせなら、子供が生まれるのを潮に芸能界をすっぱり諦め、故郷に帰ってトラックの運転手にでもなろう、坂上はそこまでハラを固めていた。もはや夢のために家族を犠牲にしていい年でもない。

そう割り切った途端、なぜか急にフランス座時代が懐かしくなってしまったのだ。

「ひょっとすると、オレの人生の中で一番輝いていた時期かもしれない」

坂上は思った。特に欽一との、ケンカ腰の、相手をツブしあうコントの数々を思った。少なくともフランス座のステージでは、自分は、自分のやりたいように、思い切ってすべてを出し尽くしていた。東京を引き払う前に、一度、欽一と会って、あの頃の話でもしたいな、という気持ちがフツフツと沸いてきた坂上は、知人から電話番号を聞き、欽一のもとにかけてきたのだ。

「ね、マージャンでもやんない?」

坂上が次に切り出した言葉がこれだった。

「いいよ。そっち行く」

なぜか欽一も素直に坂上の誘いに乗ってしまった。

運命、だった。

もしこの電話が何日か、いや何時間でもズレていれば、恐らく欽一は下宿には戻っていなかったか、またどこかへ外出していたろう。少なくとも、前の日まで2カ月は熱海で働いていたし、戻ったら戻ったで、浅草の劇場への挨拶回りがある。

もし欽一が下宿にいなかったら、坂上はたぶんまた再び電話をかけたりしなかったろう。元来、欽一と親しかったわけではない。坂上がフッと懐かしくなってかけてしまった、ほんの「出来心」だったからだ。

人間の力の及ばない世界の誰かが、二人を再会させるためにかけさせたとしか思えない一本の電話。

あるいは、いつも欽一がお祈りをしていた夜空の星が、二人をもう一度引き合わせてくれたのかもしれない。

第8章　コント55号結成

コント55号結成の年、昭和41年に何が起きたかを簡単に振り返ってみよう。

２月には全日空機、３月にはカナダ太平洋航空、英国海外航空の旅客機が相次いで墜落、６月にはビートルズが来日して上を下への大騒ぎとなり、７月にＴＢＳで『ウルトラマン』が放映を開始している。

東京オリンピック終了以降停滞していた景気は一気に立ち直り、カー、クーラー、カラーテレビの３Ｃが「三種の神器」と呼ばれ、人々の人気を集めた。世はまさに「いざなぎ景気」、これから日本は、再び高度経済成長の波を駆け上がっていったのだ。

お笑い界でも、高度成長は始まっていた。『大正テレビ寄席』が34％を超える視聴率を取り、トリオ・ブームが最高潮に達したのがこの年だ。その『テレビ寄席』で一躍人気者になった東京ぼん太司会の『お茶の間寄席』、それに21世紀の今も続く化石的番組『笑点』などもスタートして、テレビ界はトリオ・ブームであるとともに、演芸番組ブームでもあった。

その中心勢力といえば、トリオでは「ビックリしたな、もう」が流行語となった三波伸介を中心としたてんぷくトリオ、「ハードボイルドだど」のトリオ・ザ・パンチ、「親亀の背中に小亀を乗せて」のナンセンストリオ。漫才となると、「やんな！」のWけんじ、「いーじゃなーい！」の晴乃チック・タック、それにベテランながら獅子てんや・瀬戸わんやの活躍も目立っていた。

この年、再会を果たした二人は完全に出遅れていた。東八郎はトリオ・スカイラインで、前田隣はナンセンストリオで、田畑俊二もギャグ・メッセンジャーズで、と、かつて浅草で楽屋をともにしていた人たちがトリオ・ブームに乗ってテレビで脚光を浴びるのを尻目に、二人は、この世界から足を洗うことを真剣に考えていた。

欽一は、はじめて浦和にある坂上の家に行った。昼なのに、ふたりは横になっていた。坂上と、臨月近い妻・瑶子がともに大きなお腹をあお向けにして寝ている姿は、ほとんどトド2頭の昼寝そのものだ。

坂上は、結婚以来、瑶子に一度も気の休まる思いをさせていない自分を情けなく思っている。月に2万円そこそこの給料しか稼げなかったフランス座の頃から、まるで生活は好転していない。それでも瑶子は、

「あなたは当たる人。挫けないで貫いて」

と励ましつづけてくれる。坂上は、そんな彼女に、一度も手を上げたり、大声でドナったり、まし

てや夫婦ゲンカなどしたこともなかった。できるはずもない。グチも言わずに将来の見込みもなさそうな無名のコメディアンについてきてくれたのだから。

「夜はキャバレーの仕事があるからいいけどさ、昼間はヒマでヒマで・・・。どうしようもないんだよ、このままじゃいけないってのはわかってるんだけど、何をどうしたらいいのか、てんで見当もつかない。もう諦めるしかないって思ってんだ」

坂上は話し始めた。始めると、セキを切ったように次から次へと苦しかったフランス座以降の身の上話が出てきた。そんな話、今まで誰にもしてなかったのに、本来は嫌いあってたはずの欽一を目の前にして、突然、歯止めがきかなくなってしまった。

なかなかいい事務所が見つからなかったこと、新宿コマでもロクな役にもつけなかったこと、中川プロをクビになって途方にくれたこと、お笑いをまたやりたいが、どうやってチャンスを見つけたらいいのか困り果てていること・・・。

「ロールさんも、大変だったんだねェ」

欽一は、素直に共感した。自分も大変だったけど、この人もずっと大変だったんだと。昔のわだかまりはスーッと消えてなくなり、同志のような連帯感を抱き始めていた。

「ロールさんはよしてくれよ。もう坂上二郎って名前が変わったんだから」

「あ、そうか。二郎さんだったね」

「欽ちゃんの方はどうしてたの？」

「あんまりパッとしないんだ」

彼もまた、テレビに出たはいいが、ろくな結果も見せられないまま撤退したのを、ありのままに語った。すると坂上は、

「いいなァ、うらやましいなァ。そんなにチャンスをくれる人がいて」

逆に羨ましがってる。

「な、欽ちゃん、その、熱海で考えてきたっていうコント、オレが一緒にやらせてもらえないかな。オレ、もういっぺんやりたいんだよ、あのフランス座ん時のコントをさ。欽ちゃんと一緒にガンガンやったろ、あれ、忘れられないんだよ」

しゃべり出すうちに、なぜか苦しい思い出ばかりが蘇ってきて、坂上はほとんど涙ぐみはじめている。

「いいね、やろうじゃない。二郎さんとなら、やれそうな気がする」

「ありがとう！　やろう、やろう！」

30男が、相手の両手を握りながら、「やろう！　やろう！」とはしゃぐ図は、あまりカッコのいいもんじゃない。だが、坂上にとってはカッコなんかどうでもよかった。

ようやく、イヤな先輩に気を使いながらたった一言のセリフを言ったり、ピエロの格好までして酔っ払い客に媚びを売ったりではない、自分のやりたいお笑いの仕事が出来る。もっとも、それがお金を稼げる、本当の意味での仕事になるかはわからない。でも、そんなことはどうでもいい。やれる！

ただそれだけだ。

　ふたりは、燃え上がった。

「『忘れもしない13年前！』っていうのは、歌みたいにフシをつけた方がいいんじゃない？」

「机の足は５回くらい切ろうか？」

「学生の方は客席から出てくるってのはどう？」

　坂上は次から次へ欽一にアイデアをぶつけ、

「早くやろうよ、舞台で。ウズウズしちゃうよ」

　とせき立ててくる。欽一の方がそのパワーに押されそうなくらいに。

「オレ、いけると思うよ。フランス座でやった時だって、ワンワンうけたじゃないか」

「そうだよ、20分も30分も客を沸かしたもんね」

　本当は、「早く、引っ込め！」とドナられていたはずなのに、どんどん過去は美化されていく。

「オレたちが組めば、チックタックだって、てんぷくトリオだって目じゃないよ」

　酒を飲んでるわけでもないのに、二人の興奮はヒートアップした。夕方になり、坂上がキャバレーに行く時間になっても、冷めるどころか、さらに熱くなっている。

「もっと話そうよ」

「うん」

　欽一は、坂上の仕事場までくっついて行くことにした。

西川口のキャバレー「ロータリー」で、坂上が司会をするショーは2回。その間に1時間の休憩がはさまる。話し足りない二人は、隣りにあった喫茶店に入って、また続きを始めた。坂上は、司会用の紺のタキシードのままだ。

「机のコントだけじゃなくて、もっといろいろネタ作っとこうよ」

「今、作っちゃおう」

すぐ横にあった週刊誌を広げてみる。

トップに大きく載っていたのが、荒舩清十郎運輸大臣の記事だ。職権を利用して、地元・埼玉県深谷駅に国鉄の急行を止めたのが暴露されて、大騒ぎになっていたのだ。

「これ、どう?」

「違うんじゃない? ピンと来ないね」

しばらくページをめくってみる。と、「当たり屋夫婦」の記事が載っている。10歳の子供を慰謝料目当てにわざと車にぶつけさせる当たり屋の夫婦が大阪で逮捕された、というのだ。この頃、「当たり屋」事件は頻発して、社会問題になっていた。

「これ、いけるんじゃない?」

「いいね。やれそうだよ」

「じゃ、欽ちゃんが子供になって、オレがオヤジ」

「母親はとっくに愛想つかして逃げちゃったってのがいいな」

「よし、それいこう！」

打ち合わせをしているうちに、それじゃすまなくなっていく。体が自然に動き出して、コントが始まってしまったのだ。

「とーちゃん！　とーちゃんはどうしてそんなに甲斐性がないいんだよ」

「うるさい！　子供が親にさからうんじゃない！　いいから、オレの言う通りやれ！」

と坂上が欽一を突き飛ばす。「ひどいよ！」と欽一はお返しに体当たりをかませる。

驚いたのがまわりのお客と店のマスターだ。マスター、すぐに飛んできて、

「ケンカだったら、外でおやりください」

「いえ、ボクら、ケンカしてるわけじゃないんですけど」

「とにかく店内では困ります」

せっかく盛り上がりかけたのに、ここで止めるわけにはいかない。が、窓の外を見ると、雨。それも地面に叩きつけるような強い雨足だ。

「どうする？」

欽一が少し考える素振りをしたら、坂上は、

「いんじゃない？　外でやっちゃえば」

「でも、それ、汚れるよ」

欽一は、坂上のタキシードを気にしていた。

「汚れたら洗えばいいんだよ」

「そうだね。やっちゃうか」

「やろうよ、やっちゃおうよ！」

カサも指さずに飛び出して、近くの公園にやってきた二人は、ドシャブリの中、「当たり屋」のオヤジと息子になり切っていた。息子になってオヤジを責めるのは、熱海で鍛えた一人芸の基礎があった。

「とーちゃん、オレ、かーちゃんに会いてーよ！」

「それを言うなって！」

「あ、あそこを通るのはかーちゃんじゃないかい？」

「ホントか？・・・バカ、かーちゃんはあんなにフトってないだろ！」

坂上が欽一の肩をこずくと、ピシャリと水しぶきが上がった。二人は水溜りの中に足を突っ込んで靴は水浸しになり、それでもまた走り回るので、ボコンボコンと靴から音が鳴った。すでに坂上の着ていたタキシードにはべっちゃりと水がついて、形は完全に崩れていた。だが、彼は気にもしない。あと1回残ったショーは、濡れたまま出たっていいじゃないか。それで怒られてクビになったら、その時また考えりゃいいや。

汗なのか雨なのか、どちらかわからない水滴が二人の顔から滴り落ちた。

二人の一挙手一投足に、解き放たれた悦びが溢れていた。あとからあとから、アドリブが出てくる。

あとからあとから新しい動きが出てくる。

もうテレビのことも、苦しかった過去のことも、どうでもよくなっていた。あるひとつのことに没入している恍惚感が全身を満たしていた。

体の中から、熱い感情が大きな波のように次々と湧き上がり、どんなに雨水に当たっても、決して冷えることはなかった。たぶん、このまま雨ふりがずっと止まらず、たとえノアの大洪水になっても二人はコントを続けただろう。

ずぶ濡れの、幸せだった。

○

欽一から、「坂上さんと組みたい」と言われた時、浅井は一度は難色を示した。

彼は「安藤ロール」に対しては感情的わだかまりを持っていたのだ。

彼も、「安藤ロール」が中川プロをクビになった話は聞いていた。となると、同じ事務所にいた行きがかりもあるし、浅井は当然、坂上が自分のところに相談に来るもの、と考えていた。それを坂上は、よりによって自分と同世代で、密かにマネージャーの世界でのライバルだと見ている新美のもとに相談に行ってしまう。それも、新美と昔から親しかったのならともかく、それほどの縁があったわけでもないのに関わらず。つまり、「裏切られた」という気持ちが浅井にはある。

しかし、欽一のこの一言が、浅井のわだかまりを解いた。

「ボクは安藤ロールと組むんじゃないんですよ。坂上二郎と組むんだ」

○

二人にとっての初舞台は、浅草・松竹演芸場だった。「もう出演予定者は決まっているから」とシブる住田真澄支配人を強引にクドいて、開演10分前に出番をもらったのだ。もちろん看板に名前なんかはない。

「二郎さん、もしこれでダメなら、オレはお笑いやめるよ」

「オレもさ。トラックの運転手やれば、女房と子供くらい養える」

失う物なんかない。どうせ今がドン底なんだから、あとはよくなるしかないんだ。そう確信して、二人は舞台へと飛び出していった。

500席近い客席には、ポツッポツッと、ほんの7～8人しか座っていない。無理もない、まだ開演してないのだから。しかも客の半分は、きょうの仕事にあぶれて、しょうがないのでお笑いでも見て時間をツブすか、と入ってきた山谷の日雇いのオジサンだ。

オジサンのひとりが、売店で買ったセンベイをボリボリとかじり始めた。

だが、そんなことは、そもそも二人にはどうだっていいのだ。二人は客を選ばない。欽一は、自分が考え、二人で練り上げた『机』が、劇場の中を風が吹きすさぶようなわずかな客に対し、どれだけインパクトを与えられるかを知りたかった。

さっそく学者役の坂上が、机を前にして講演を始めた。

「お酒はちゃんと飲みましょう。チャンポンで飲むと悪酔いします」

すぐに学生服姿で出てきた欽一がほうきを持って出てきて、坂上の前に立ちふさがる。

「ちょっとキミ、何してるんだ！」

「いいえ、先生の講演会場ですから、ちゃんと掃除しとかないといけないと思いまして」

「いい、そんなのは後でいいから引っ込んでなさい！」

言われて、一度は引っ込んだ欽一が、雑巾がけを始めたり、ハエ叩きでハエを追ってきたり、やたらと講演の邪魔をする。それを坂上が「引っ込んでろ」と下がらせても、また出てくる。

最初、見せられている客たちは、明らかにいぶかしげだった。

寄席でいえば前座が出てくる時間、誰も面白い芸人が出てくるなんて期待はしていない。ところが、いきなり登場した二人組は、やけに熱がこもってるし、動きも激しい。前座の位置が場違いなほど呼吸もいいし、テンポが心地よい。

センベイをかじっていたオジサンの手が止まった。

冷たかった客席の空気が、舞台にあおられたようにみるみる温まっていった。

やがて、欽一の邪魔にとうとうハラを立てた坂上が、決め手の一発、

「忘れもしない13年前！」

とやって欽一を泣かす。それからは、欽一が茶々を入れるたびに「忘れもしない13年前！」の繰り返しだ。

1度目の「忘れもしない」は、まだ笑いは起きなかった。2度目、クスクス笑い。それが3度目になって大笑いになった。

「ウケた！」

坂上は涙が出るほど嬉しかった。観客が喜んでくれている、と。

だが、欽一は違った。

やがて、坂上は、「忘れもしない」のセリフを、言うふりをしていわないフェイント作戦に出たり、口には出さず、「忘れもしない」のポーズだけで泣かすジェスチャー作戦に出たり、手を変え品を変え、欽一を揺さぶった。

しかし、笑いがそこから大きくならない。

机の足を切ってオチになった時には、センベイのオジサンも、またボリボリとセンベイをかじりはじめていた。

欽一は悔しかった。

「足りない。まだ何かが足りない・・・」

いいや、不満だったのは欽一だけだった。少なくとも、松竹演芸場の住田支配人は、急造のコンビがここまで笑いを取るとは予想していなかったのだ。たちまち、「看板にも名前載せるから、明日からでも終わりの方で出てよ」とコロッと態度が変わる。

看板には、ただ「コント」という字が大きく、その下の右と左に「萩本欽一」「坂上二郎」と記されていたが。

出番が深くなって、ますます観客の笑いは大きくなる。坂上は、それで十分に満足だった。思い返せば、10年を超える芸能生活の中で、これほど観客が笑ってくれたことはなかった。ロック&ロールの時も、コマの時も、キャバレーの司会の時も。

が、欽一には満足はない。

「おかしい。まだまだ笑いは大きくできるはずだ」

彼は単なる爆笑ではない。笑いが終わりきらないうちに次の笑いが起きて止まることのない、渦が巻くような笑いを求めていた。

ネタをもっと改良すべきなのか？　いや、アドリブが基本の二人である限り、設定はこれだけあれば十分だ。その場でいくらでもふくらましていける。だとしたら、これにいったい何を付け加えればいいのか？　動きをもっと大きくすべきか？　いや、違う。動きは自然の流れの中で出てくるものだ。客イジリを入れるか？　いや、２人きりのキッチリしたコントで勝負したい。

いろんなことが頭の中に浮かんでは消える中、欽一は、無造作にハイライトを1本、パッケージから取り出した。考え出すと、彼のタバコは止まらない。すでに1時間で1箱を超えていた。と、火を

つけて、タバコをくわえようとした瞬間、

「アチッ！」

思わず彼はタバコを口から離した。考え事をしているあまり、うっかり火のついた方をくわえてしまったのだ。

と、その瞬間、欽一の頭を覆っていたモヤモヤした何かが、はっきりと形を持って頭の中で固まった。

「そうか！　これだ、これでいいんだ！」

タバコをフィルターの方から吸うのは当たり前。それを逆に、火のついた方から吸うからこそ笑いになだってなるじゃないか。逆だ、逆こそ真なりだ！

「二郎さん、役をとっかえよう」

欽一の言葉が、坂上には最初理解できなかった。

「とっかえるって、先生の役を欽ちゃんがやるわけ？」

「そう、逆にする」

「でも、おかしくないか？　年上のオレが学生で、欽ちゃんが先生っていうのは」

「いい。おかしいから、いいんだ」

「わかった。欽ちゃんがいいっていうんなら、それでいいよ」

坂上はあっさり承諾した。彼のこの素直さが後のコント55号の成功の大きな一因といっていい。坂上は「ぜんぶ欽ちゃんに任せる」とリーダーシップをすべて欽一に委ねている。とは言っても、普通なら７歳も年上の男が年下にすべてを任せるのは抵抗がある。それを彼は、「お笑いなら欽ちゃんのが上」と見切って、余計な差し出口ははさまない。お客にウケる今の喜びを手放すくらいなら、操り人形になったって構わないのだ。彼にとっては年上としてのプライドより、芸能の世界で生き残る方が大切なのだ。

○

その日の晩、お笑い界の歴史が変わった。

一つの狂気がすべてを塗り替えてしまったといっていい。

昼の部を終えて、『机』の役を取り替える決意をした欽一はチョビ髭をなでながら、夜の部、出番を待つ舞台ソデで、あの『ジンタカパンチ』の生ＣＭのＮＧを思い出していた。人生最大の屈辱の場。このまま舞台を飛び出して、どこかのビルからでも飛び降りて死のうと思ったあの瞬間を考えたら、今、自分が生きて、舞台に出て行こうとするのが不思議な気がして仕方なかった。

「あの時、オレは一度死んだ。今、生きてる自分は別の自分だ」

そう思うと、もう怖いものは何ひとつない。テレビも、世の中も、舞台の観客も、お笑い界の先輩も仲間たちも・・・。もう何も自分を縛るものはない。

すべての制約から解き放たれた時、彼は狂った。

出番だ。舞台では、まず生徒役の坂上が登場し、「萩本先生をご紹介します。どうぞ」と下手の方を見た。下手から欽一が出るのが、あらかじめの予定だったのだ。欽一は、その「予定」をすべて宇宙空間に放り出した。

下手にスタンバイしていた欽一は、何を思ったか、フイに全速力で幕の後ろを横切って上手にスタンバイを替えたのだ。そして、そのまま上手から舞台に飛び出し、ほぼ地面と平行になるくらいの角度で、反対側を向いている坂上の頭に思いっきり飛び蹴りを食らわした。打ち合わせにない不意打ち攻撃に、坂上はただオロオロするしかない。だが、欽一は冷たく言い放った。

「ダメ。方向が違うから、やり直し」

さっさと上手に引っ込む欽一。

ほぼ満員の観客は、いきなり反応した。欽一のあまりにも意外な登場と、坂上の狼狽ぶりがオカシくてたまらなかったのだ。昭和4年建設の、やや老朽化した松竹演芸場の壁が壊れるんじゃないかと心配になるほどの大爆笑だった。後はどうなってもいい、やりたいようにやっちまえ、と捨て身になった欽一の勝利だった。

そうなると、観客は二人のすべてを許してしまう。

今度は上手に向かって「先生、どうぞ」と言った坂上に対して、下手からまた走って飛び蹴りを食らわす欽一に大爆笑。さらには下手と上手、両方に注意を払いながら紹介をしようとする坂上に、下手から出かかり、「やっぱりやめとこう」と一度引っ込んでしまう欽一、コテッとずっこける坂上に大爆笑。

観客の笑いは渦を巻くどころではない。台風が襲来した海辺さながらに、笑いの波が引かないうちに、すぐ大波がやってくる感じだった。

配役を替えたのは大成功だった。年上でガッチリ体型の坂上が年下でややひ弱そうな欽一をイジメると、どこかリアル過ぎて可哀想にも見え、笑いに昇華し切れない。だが、欽一が坂上をツッコミ倒すと、かえってアンバランスなところがオカシい。観客は安心して笑えるのだ。

欽一が講演口調で何かしゃべるたびに坂上が邪魔をし、欽一が「忘れもしない13年前！」とやるくだりも、この対比がさらに効果的だった。チョビ髭をつけた若者の欽一が「忘れもしない！」とやって、明らかに年上っぽい坂上が「先生！」と泣く。その構図が、ビジュアルとしてのオカシさを生んでいる。

観客に煽られるように、二人は動いた。欽一は、さらにもう一発とばかりに飛び蹴りをかまそうとして、あっさり坂上によけられて自爆したり。「後ろに引っ込んでろ」と欽一に言われた坂上が「はい」と後ろに引っ込む素振りを見せつつ、立ってしゃべろうとする欽一に思い切りぶつかっていって、ふっ飛ばしたり。ふたりは身構え、まるでリング上で対戦するプロレスラーのように、スキをついては相手にぶつかって押し倒し、しばしば方向を見失って自爆した。

いくら動きが身上の浅草のコメディでも、こんなに派手なアクションを次から次へと繰り広げる人たちはかつていなかった。彼らのコントには湿った義理人情も、練り上げられた話術も、台本に基づいた緻密な計算もなかった。

あるのは狂ったままの状態で舞台を右へ左へ走り回る二人の男と、狂ったようにそれを笑い転げる観客たちだけだ。すべてはハプニングだった。

笑いの嵐の中で、この日、「コント55号」という稀代のコント・グループが実質的に誕生した。

大津波の時間が終わって、ようやく「おセンにキャラメル！」のオチにたどり着いても、笑い疲れたはずの観客たちは、まだ余韻を楽しむように笑いつづけている。

「イケる」

コントがすべて終わった時、欽一は、やっと自分が満足できるお笑いが出来た充実感にいても立ってもいられなくなっていた。いぶり出されるように廊下に出て、右側にある休息室に置かれていたピンク電話に10円玉を入れてダイヤルを回した。

「ウケました。とにかく見に来てください」

欽一は、テレビ、ラジオ、舞台の関係者など、知っているところに手当たり次第に電話を入れていた。

第9章　日劇、進出

欽一からの電話を受けたひとりが、浅草新喜劇の頃から欽一の舞台を見ていたＮＨＫのディレクター・滝大作だった。

行って、客がウナるように笑っている光景に、滝は唖然とする。

「すごいな。浅草でこんな笑い声を聞いたのは久しぶりだよ。佐山俊二と八波むと志がフランス座でやってた『あらいやよコンビ』以来だな、これは」

楽屋で、滝が10年以上も前の話を持ち出すと、欽一は、

「いいえ、今までにない笑いを作り出して見せます」

と力強く答えている。一度、自信をつかんだ若者の目は、明らかに以前とは違っていた。

かつて、テレビ局で、有名タレントばかりが通るのに怯えて、カーテンの陰に隠れてジッとしていた弱虫の姿は、少なくとも、ない。

浅草全体が、松竹演芸場に出現した、異常に動き回って客がドカドカ喜ぶ新顔コンビの話題で持ちきりだった。「ブロンディ」2階の、いつもの芸人たちの溜まり場でも、何人かが集まると、必ず、二人の話題が出た。

「見た？　ほら、欽坊たちの、あれ」

「見たよ。ドンジャカドンジャカと落ち着きなく動き回るっていうじゃないか」

「面白いね。客もウケまくっててさ・・・」

「あんなもん、邪道、邪道。一時は派手でいいかもしんないけど、動きすぎでろくにセリフも聞き取れねェ。ロクなもんじゃないよ」

「だいたい坂上なんてのは、自分で吹くだろ。なっちゃいないって」

ライバルたちは、彼らのアラを捜そうと必死だった。その意味で、「お笑い芸人は、たとえ客は笑わせても、自分が客前で笑ってしまうのは恥」というタブーをあっさり破って舞台で吹きまくる坂上は、恰好のターゲットだった。彼を攻撃していれば、

「どーせ連中はシロートなのさ」

と自分に言い訳できる。だが、肯定するにせよ否定するにせよ、あの二人がどうやら時代の波に乗りそうなことだけは誰もが認めざるをえなかった。

現に、松竹演芸場では、二人の出番になると、楽屋から芸人たちが消えてしまう。みんな客席の後ろに来て彼らのコントを見ているからだ。

お笑い界の外側は、もっと反応がストレートだ。「面白い」と感じたら、素直に笑う。そこに理屈や弁解はない。

「欽ちゃん、きょうのは笑わしてもらったぜ！」

ニッカポッカに地下足袋、あたまに手ぬぐいを巻いたオッサンが、六区の通りを歩く欽一を見かけて、嬉しそうに声をかけてくる。

「すくないけど、とっときなよ」

とクシャクシャになった板垣退助の百円札を１枚財布から取り出し、欽一の黒い皮のジャンパーのポケットに突っ込むオジイサンもいた。「いいよ、いいよ」と欽一が断っても、

「人のご祝儀をありがたく受け取るのが芸人ってもんだ」

と言ってきかない。浅草を歩く人たちはニューヒーローの誕生が嬉しくて仕方ないのだ。

最初は二人の出演を渋っていた演芸場の住田支配人も、

「キミたちが出ると、劇場が活気づくんだよ」

と無邪気に喜んでいる。

そうなると、「コント・萩本欽一・坂上二郎」ではちょっと具合が悪い。

「欽ちゃんと二郎さんに何かいいコンビ名をつけたらどうだ」

浅草の劇場や映画館の関係者たちの間で、ほとんど自然発生的といっていいくらいに湧き上がってきた。欽一と坂上にも、異存はない。世話になった浅草の人たちに名付け親になってもらえるのなら、

願ったり叶ったりだ。

　が、関係者たちが集まって話し合うと、意見が分かれてなかなか決まらない。業を煮やした浅草中映という映画館の吉田義男常務が、半ばやけくそのように、

「だったらさ、若手なんだから、どんどん前へ進め、って意味で、コント・ゴーゴーってのはどうだい？」

　まだ「ゴーゴー」というダンスが若者の間で流行するのは数年後のこと。昭和41年当時、もとより浅草六区の旦那衆が知るわけがない。ただ、「ゴーゴー」という語感のよさがみんなを納得させた。

「いいじゃないの」

「2人が五分五分で頑張るって意味も入るしね」

「ただささ、ゴーゴーって字で書くと、ヘンだぜ。電車の音みたいでみっともねーや」

「そんなら、007にちなんで、コント555ってのはどうだい？」

　昭和37年の『ドクター・ノオ』以来、ショーン・コネリー主演の007シリーズは軒並み大ヒット中だった。それにあやかろうというわけだ。

「だったら、この前、王が55本ホームラン打って新記録作ったじゃないの、それにあやかってコント55号なんてのも、いいんじゃない？」

　巨人の王選手が55号を打ったのは昭和39年。すでに2年前のことだったが、その印象が強烈だったために、誰もがまだ鮮明に覚えていたのだ。

「いいね、王が野球のホームラン王なら、コント55号はお笑いのホームラン王、なんつってな。縁起がいいや」

話はまとまった。当事者の二人は、「いいですね。それでいきましょう」とあっさりしたものだった。コントさえ面白ければ、どんな名前でも客は覚えていてくれる、欽一も坂上もすんなりとそう割り切っていたのだ。

客の支持を得た彼らは「強気」だった。よし、「コント55号」という名前を、「日本一の大看板」にしてやる、二人は半ば本気でそう思い始めていた。

いやいや、厳密に言えば二人ではない。もうひとりいた。浅井良二だ。

期待三分、不安七分で、ともかく二人の舞台を見にきてみたら、そのあまりの勢いと客のウケっぷりにただただ圧倒されるばかり。

「これはイケる！」

欽一が坂上と組むのに難色を示した浅井も、これだけの舞台を見せられてはその成果を認めざるを得ない。というより、マネージャーの、あるいはギャンブラーの本能として、この二人に賭けよう、と瞬間的に心を決めてしまった。

「二人を日本一の大看板にする」

楽屋に顔を出すなり大真面目に語り、さすがに他の芸人連中を呆れさせた浅井。いくら浅草では人気者になったからといって、いきなり「日本一」は飛躍のしすぎだ。

だが、一度決めたら、もう浅井には迷いはなかった。

「とりあえず、まず欽ちゃんと二郎さんを日劇に出そう」

「あ、日劇なら、ちょうどいいかもしれませんね」

現実主義者で、浅井の「日本一」話にいささかうんざりしていた坂上も少し安心した。彼は浅井のいう「日劇」を「日劇ミュージックホール」だと思ったのだ。あそこなら、今のコント55号のクラスでも十分に狙える範囲だ。浅草から日劇ミュージックホールに進むのは、コメディアンにとっての常識的な出世コースだったから。

ところが、浅井は同じ日劇でも、巨大な日劇本体の方に目を向けていたのだった。

有楽町の日劇といえば、当時は芸能人なら誰もが憧れた桧舞台だ。歌手なら日劇でワンマンショーをするのが一流の証であり、お笑いタレントにとっても、日劇に登場し、歌手のワンマンショーや『夏のおどり』などのレビューの幕間にネタを披露するのが、テレビ出演と並ぶ大きな目標だったのだ。脱線トリオも、てんぷくトリオも、トリオ・ザ・パンチも、晴乃チック・タックも、売れっ子のコメディアンや芸人は、みんな日劇の舞台を踏んでいる。それも1度や2度ではなく、繰り返し何回も。

冷静に見れば、その時点で、まだ世間的には無名そのもののコント55号を日劇に出そうというのは、ただの力自慢の若者を国技館に連れてきて、いきなり幕内で相撲を取らせよう、というに等しい暴挙だ。

しかし、浅井は暴挙をいとわない。決めたらすぐ実行に移すのが彼の性格だ。何しろ、寝る前に、次の日の目標を紙に書いておき、翌日になったらどんなに困難があろうとそれが達成されるまでは動きつづけるのが彼の信条なのだから。

さっそく翌日だ。数寄屋橋にある日劇の舞台事務所に、息せき切ってやってくる浅井の姿があった。とりあえず、以前から浅井を可愛がってくれていた日劇のプロデューサー・鈴木勲に会いたい。会って、コント55号のことを早く話したい。

が、鈴木は不在だった。日劇の舞台を仕切っているもうひとりのプロデューサー・宇田良弼だけが、顔を出していた。

マズい！　出だしから運に見放されたか、と浅井はガッカリした。浅井は、以前、ある舞台で、自分の担当していた某タレントの看板の扱いが小さいとクレームをつけ、プロデューサーだった宇田とちょっとした言い争いになったことがあった。つまり、トラブった相手なのだ。あの人に声はかけづらい。

が、そんな過去のいきさつにいちいちこだわってる場合ではない。運は待っているものではなく、自分から呼び込むものだ。浅井は、勇気を出して宇田に声をかけた。

「浅草にすごい二人組がいるんです。ぜひ見てください」

これには宇田の方が驚いた。気まずいはずの浅井からいきなり声がかかってきた上に、その顔は、自分に食いかかろうとする狂犬のように目が血走っている。気合に圧倒されながらも、かろうじて体勢を立て直した宇田は聞き返した。

「漫才？」

「違います。コントなんですが、ホントにいいんです。見に来てください」

今から、腕を引っ張ってでも浅草に連れて行こうとする浅井の気迫に、宇田は呑まれた。「わかった、わかった。行くから。きょうは仕事があるんで明日にしてくれ」

「明日ですね。絶対に明日ですね」

そう確約をとって、実際に翌日には浅草演芸場に宇田を連れてきてしまうあたりが、ラッシュ＆チャージをモットーとする浅井の攻撃力だ。

昭和41年の暮、小春日和のポカポカした日だった。

その後、何本ものネタは作ったものの、コント55号は、最もウケのいい『机』一本でしばらく押しまくっていた。相変わらず入りもいいし、客ウケも絶好調。最初は単なる付き合い気分で客席に座っていた宇田も、次第に真剣にならざるを得ない。

「よく浅草に、あれだけのが残ってたねェ」

「でしょ。とりあえず会ってみてください」

言われるまでもなく宇田もその気になっていた。

伝法院通り裏の喫茶店「ローヤル珈琲店」に、いつもの黒い皮のジャンパーを着た欽一だけが姿を見せたのは、ほんの20～30分ほどしてからのことだ。妻子を抱える坂上は、劇場がハネると、一目散に家に帰るのが常だった。

あれ、舞台で見る以上にキレイな男だな、と宇田は欽一を見て思った。ハンサムというわけではないが、愛くるしくて清潔感がある。

「コント55号って、名前なの？」

「はい」

「ネタはどのくらいあるの？」

「まだ、あまり多くはありません。『机』のほかには、『当たり屋』も含めて10個もないですね」

「コントを二人でやるって珍しいよね。トリオにする気はなかったの？」

「この方がやりやすいです」

特別意気込んだ様子もなく、欽一は自然体で宇田の質問に答えていた。浅井から、「この人は日劇のプロデューサーだよ」と聞かされているはずなのに、別に自分を売り込もうとする素振りもない。自分はまだ無名だから、という卑屈さもない。

この態度が宇田には新鮮だった。彼の周囲には、毎日のようにもみ手をして「私を使ってください」とやってくるコメディアンたちが群れをなしていたのだ。

芸能界特有の汚れがない。そのピュアなたたずまいに、宇田も惹かれていく。そのあたりを察してか、浅井も、「彼を日劇で使ってくれ」と押し付けがましい言葉は一言も出さなかった。

話が終わる頃には、宇田は完全に欽一の「ファン」になっていた。

「これからも、よろしく頼むね」

と欽一の手をかたく握り締めた時には、かえって欽一の方がビックリしたくらいだ。

○

動きの早いのは、別に浅井の専売特許ではない。宇田も早い。

さっそく翌日、出演者リストをチェックしてみると、来年の2月、西田佐知子のショーが、まだ出演コメディアンが決まっていない。よし、そこにコント55号を入れてしまおう、と考えた。単に、欽一に惹かれただけではない。プロデューサーとしての怜悧な計算もあったのだ。トリオ・ブームの真っ只中で、日劇もお笑いといえばトリオ、せいぜい違ってもチック・タックのような漫才だ。てんぷくトリオなどは、まるで日劇の楽屋を住まいにしているようにしょっ中出ている。そろそろ客も飽きがきているはず。ここで、フレッシュで勢いのある二人組のコントが入れば、目先も変わるし、やや澱んだ舞台に新しい流れを注ぎ込める。

もちろん宇田の一存で決まるわけではない。まず日劇の母体である東宝の企画委員会を通して、さらに西田の事務所のOKもとりつけなくてはいけない。

企画委員会は、押しの一手でどうにか説き伏せられる。問題は西田の所属する東洋企画だ。後に、関口宏夫人として完全に家庭に収まってしまった西田佐知子だが、都会的な退廃のムードを漂わせる歌声は比類がなく、その頃、『アカシアの雨がやむとき』『赤坂の夜は更けて』などヒット曲を連発。

紅白歌合戦も常連のトップ歌手だった。そんな彼女の事務所が、果たして、聞いたこともない「コント55号」なんてお笑いコンビの出演を承知してくれるだろうか？　てんぷくトリオでもトリオ・ザ・パンチでも、日劇常連の売れっ子たちはいくらでもいるのだ。

案ずるより生むがやすし。西田佐知子本人が、こう言ってくれた。

「新しい人がどんどん出てくるのは素晴らしいことだと思います。ぜひ、出演してもらってください」

電話で出演依頼を受けた浅井は、最初、まったく信じられない様子で、「ホント？」と言ったきり、電話口で絶句してしまった。電話をかけた宇田の方が、向こうで浅井が驚きのあまり倒れてしまったのかと心配になったくらいだ。

「ミュージックホールの方じゃなくて、ホントに日劇なんですね？」

ようやく浅井の声がしてホッと一安心。

「もちろん。２月の西田佐知子ショーに出てもらうから」

「そうですかァ・・・」

実は、「二人を日劇に出す」とは宣言しておきながら、浅井自身、そう簡単に目標が実現するなんて思っていなかったのだ。とりあえずミュージックホールで半年くらい実績を作った上で日劇が呼んでくれたら最高だな、程度に予想していた。

「どうやら、オレが考えていた以上に、時代は二人に近づきつつあるらしい」

コント55号の二人のみならず、ギャンブラー・浅井にも、いよいよ大勝負の時が迫っていたのだ。

○

西田佐知子ショーは昭和42年2月14日から19日までの6日間だ。

無名の新人「コント55号」は出してもらえるだけでもありがたい。本来は、とても条件なんて言える立場ではない。

浅井は違った。臆面もなく日劇側に条件を提示した。

「ギャラはいくらだっていいです。ゼロでもいい。でも、ポスターにちゃんと名前を入れて、看板を大きくしてください」

新人はまず実より名を取れ。時代が二人を欲しがっているなら少々の無理も聞いてくれるはずだ、という浅井なりの読みだった。

「ボクはね、ポーカーやってるから、人の心が読めるんだ」

と常々公言している浅井にとって、これは勝算の高い賭けといえる。

はたして、あっさりとOKの返事が来た。これで準備のうちのひとつは終わった。

次は、二人の登場シーンをどれだけ盛り上げるか、だ。出し物は、松竹演芸場でも最も人気の高かった『机』をぶつけてくるのでネタの心配はないにせよ、観客にとって、彼らの顔はまったく馴染みがない。

しかも、日劇には、恒例になっている重役観劇がある。ショーが始まる初日、必ず日劇の重役がやってきて、全体をチェックするのだ。そこで、「面白い」と判定されればまた使われるし、ダメなら次はない。

そこで、はかま満緒のアドバイスを入れて、浅井は「サクラ作戦」を実行することにした。客席に、車だん吉を座らせておいて、要所要所で笑いの起爆剤にさせたのだ。

しかも車の役割はそれだけではない。「忘れもしない13年前！」という欽一の決めセリフで坂上が泣く場面がある。だが、あまり頻繁にやるものだから、だんだん坂上も泣くのが面倒になってわざと手を抜いてくる。その時、やにわに客席の車が代わりに泣く。あまりの意外さに、客はドッと笑う、との計算だ。

結果的には、この備えが役に立った。

日劇は浅草演芸場とは違う。舞台の間口も、浅草演芸場が10メートルそこそこなのに対して、日劇は37メートルもある。ただでさえ、出演者と観客は遠いのだ。そこへ初日、「こいつら、誰？」と聞きたくなるような無名芸人が現れると、コントの内容がどうあれ、なかなか笑いの火はつかないものだ。それを、車だん吉の泣きが救った。爆笑とまではいかないが、平均以上の笑いを拾っていく彼らを見て、重役も、

「いいね。また使ってみたら」

と次回出演を保証してくれた。

坂上はその成功を十分に喜んでいたが、完全主義者の欽一は、またまた頭を抱える。サクラには頼らず、自分たちのコントだけで、客を爆笑させたい。しかも今の自分たちにはそれだけのパワーがあるはずだ。現に、浅草演芸場の観客は、ろくに顔を知らなくてもひっくり返って笑ってくれたではないか。なぜ、日劇ではそこそこの笑いしか起きないのか？　悩み出すと、また彼は止まらない。

その根本原因がわかったのは、ほんの些細なキッカケだった。

二人は、ネタのシーンだけではなく、西田も入っての掛け合いシーンにも出演している。当時、フォークソング・ブームで「ピーター・ポール＆マリー」の３人組がヒットを飛ばしていた頃で、さっそくそれがコントに使われてもいる。

ピーターに欽一、ポールに坂上、マリーに西田が扮し、ピーターとポールが、間に入った「＆」を「安藤」と誤解し、「安藤さん、どこ行ったんですか！」「早く出てきてくださーい！」と探し回るという内容だった。

最終日、そこで欽一は、どうせなら劇場全体を使っちゃえ、とばかりに「安藤さーん！　どこですかー！」と言いつつ、客席に降りて、その廊下を走り回ってみた。つられた坂上も、「よし、オレも」とばかりに走り回る。

その時、予期しないほど大きな笑いが返ってきた。

そうだったのか、と欽一は悟った。今までウケなかった原因はそこにあったのだ。さっそく欽一は二郎に相談した。

「ね、二郎さん、次、日劇に出たら、もっと思いっきり動こう」

「でも・・・今でもけっこう動いてるじゃない」

「動いてないよ。浅草と同じ動きしかしてない。もっと大きくなきゃダメなんだ」

知らず知らずのうちに、二人は、間口が３分の１以下しかない演芸場の動きを日劇でもやっていたのだ。それでは、いくら懸命に汗をかいても広い劇場の客席には伝わらない。

「何倍も走るんだから、何倍も苦しい。でも、うまくいったら、何倍も嬉しくなれるよ」

すでに5月の北島三郎ショーへの出演も決まっていた。この次こそ、日劇の舞台を隅から隅まで走り回ればいいさ。

○

浅井の気合いの入り方は、異常だった。

日劇出演をキッカケに、少しづつ注目を浴びるようになったコント55号。新聞の劇評の片隅にも、「今回の西田佐知子ショーの収穫はコント55号」などといった記事があちこちに書かれていく。浅井がその記事を見逃すはずはない。出るたびにスクラップしておき、それを持ってテレビ局を歩き回る。

お笑い番組の担当者に売り込むのならまだわかる。偶然、出くわした別の会社のマネージャーにまで「いいよ、コント55号」と始めるのだから、相手の方は困ってしまう。そのあげく、スクラップをひとつひとつ見せて、全部見せ終わるまでは解放してくれないのだ。

確かに浅井はビンボーだった。着ていたスーツも、表はバリッとしてても裏地はボロボロだった。かつて欽一のためにつぎこみ、今度はまたコント55号のためにつぎ込み、妻の実家からも借金を重ねたあげく、もはやどうにもならなくなって、昔の仲間に会うと、「悪いけど、金貸してくれない？」と無心することもあった。

でも、それは自分のためではない。欽一にもっといいアパートを借りてやりたいのと、子供が生まれたばかりの坂上に少しでも給料を払ってやりたいがためだ。

家族も4人になって、相変わらず生活が苦しい坂上は、やむを得ず、浅井からしばしば金を借りた。そのたびに、欽一は眉間にシワを寄せつつ、坂上をナジった。

「二郎さん！　もうやめてくれよ！　オレは二郎さんの家族を養うためにコントやってんじゃないんだよ！　浅井さんも二郎さんと同じくらい苦しいんだから！」

坂上は「すまん」と唇をかみしめるだけだった。

浅井の売り込みの甲斐あってか、コント55号にもポツリポツリとテレビの仕事が入ってきた。中でも、最も大きいのは、『大正テレビ寄席』の出演依頼だった。

欽一にとっても、坂上にとっても、「仇討ち」のチャンスだった。

欽一は、かつて自分をさんざん苦しめ、最後は自殺まで考えさせた元凶であるテレビへの仇討ち。坂上は、一度もまともに呼んでもくれなかったテレビへの仇討ち。

しかも、『テレビ寄席』は、スタジオでの収録ではなく、渋谷の東急文化寄席に観客を集め、そこでのライブの模様を撮っている。コント55号にとっては得意の、客を前にしたアクションが思う存分できる空間だ。

「目一杯やろうね」

「もっちろん！」

自信は、あった。東急文化寄席のステージは松竹演芸場と変わらない。あの広さを思う存分駆け回って『机』をやれば、ウケないはずはない。浅草の時のように、客席に笑いの大波を起こしてやる。

が、現場について、ふたりはガク然とする。

舞台中央にマイクが1本立っていて、そこにスポットライトが当たる。スポットライトのあたる範囲はだいたい左右合わせても2メートルくらいだ。そして、その両方の端の部分は、テープでしっかり境界線が貼られている。欽一がスタッフのひとりにそのテープの意味を訪ねると、ごく当たり前のように、

「ここからはみ出すな、っていう印です。ここから出ると、カメラでは映りませんし、音も入らなくなります。くれぐれもここから出ないように」

当時、テレビのカメラは固定されていて、いちいち動き回る出演者を追うほどの機能性は備えていなかった。だから、演者の方がカメラフレームの中におさまるように動くのが暗黙のルールになっていたのだ。マイクの性能についても同様で、境界線を出ると、たとえ演者が何かしゃべっても、マイ

クにその声は乗らない。

つまり、2メートルの範囲内で動け、とあらかじめの制約が出来ていたのだ。

そのため、かつて浅草では、共演者を舞台狭しと動き回らせて、そこに的確なツッコミを入れるのが得意だった東八郎ですら、芸のスタンスを替えた。コント55号の少し前、トリオ・スカイラインを結成した際には、テレビ画面のワクの中にスッポリと収まる3人漫才のような芸風でテレビ・デビューを果たしていた。

だが、舞台ソデから全速力で走ってきて相手に飛びげりを食らわすのが持ち味の二人にとって、これは手かせ足かせ、さらには首かせや顔かせまではめられたに等しい。

「やめて帰るか」

欽一は真剣に思った。これだからテレビはイヤなんだ、と。演者や集まってくれた観客の気持ちを無視して、自分たちの都合だけを押し付ける。

とはいえ、せっかく仕事をもってきてくれた浅井の手前もあって、「いやです」と帰るわけにもいかない。二人とも、そこまで子供ではないのだ。

案の定、その日のコントはいつもの半分も盛り上がらなかった。

「やっぱりオレたちにはテレビは合わない」

「どうせまた日劇があるんだし、舞台で思いっきりやればいいじゃないか」

二人が密かに考えた、日劇を上手の端から下手の端まで全部使っての、ダイナミックなコントをやれば、テレビでの不愉快な記憶なんて、汗と一緒に吹っ飛ぶに違いない。

勝負はライブだ。

第10章　星に願いを

ピンチは突然訪れた。

通常、その頃の日劇のショーは、初日の前の日、朝早くから舞台で翌日の仕込みをすませて、歌手の音合わせと、出演者全員の顔合わせが行われる。

コント55号も出演する予定の「北島三郎ショー」の顔合わせの朝のことだった。メインの北島とコント55号は、それまで一度も顔を合わせてはいない。舞台事務所で少しくつろぎながら、宇田は、北島に55号の二人をどう紹介しようかと考えていた。新進のお笑いタレントにとって、北島のような大物歌手に可愛がられるのは非常に大事なことだったからだ。その歌手のショーがあるたびに、声をかけてもらえる。

と、足を組んでソファに腰をおろす宇田の目に、足早に、というよりほとんど走っているといっていい状態で入ってきた若い男の姿が見えた。

浅井だった！

ヘンだ。普段、どれだけ財布の中身が厳しくても、顔では「金はいくらでもある」と豪快ポーズで押しまくるのが持ち味の彼が、やけに元気がない。いつもはやや赤ら顔の顔色も、妙に白い。身なりにも気を使い、赤いネクタイがチャームポイントのはずなのに、そのネクタイがなぜか曲がっている。

「どうしたんだよ」と宇田が聞く間もなく、浅井は同じ部屋にいた数人のスタッフに気を使いつつ声を殺して、

「宇田さん、表に出てくれませんか」

言われるままに、宇田は浅井の後について、日劇の前にやってきた。あたりを見回し、日劇の関係者がいないのを確認した上で、浅井は搾り出すように口を開いた。

「困ったことになりました。コント55号が出られそうにない」

いきなりの言葉に、宇田も呆然とした。こいつ、いったい何を言ってるんだととっさには意味を理解できなかったくらいだ。今度の舞台が、彼ら二人にとってどれだけ重要かがわからないはずはないだろうに。浅草からようやく日劇にたどり着き、テレビの話も来た。2度目の日劇のステージでさらに波に乗れば、一気にてんぷくトリオやチック・タックに迫れるかもしれない絶好のチャンスではないか。

たとえ交通事故にあって片足を骨折しても、這ってでも出なければいけない舞台なのだ。またそれくらいでないと、せっかく将来を見込んで推薦した意味がない。

「ケガか？　病気か？　少々のことなら、無理してでも出してくれ。理由は何だ？」

「言えません」

浅井は、グッと口を結んで、チャックをする仕草を見せた。哀しい悲壮感がかえっておかしくて、うっかり宇田は吹きだしそうになった。

「わかった。もうきかない。ただ、約束してくれ。きょうの顔合わせは無理でも、明日の本番には絶対に連れてきて欲しい。それまで、オレが何とかしとく」

浅井は5秒ほどジッと考え込んだが、すぐに結論を出した。

「わかりました。二人を必ず連れてきます」

さっそく宇田は動いた。本来なら、スターの北島ならともかく、若手のコメディアンの方が顔合わせを欠席するなんて、即クビが当たり前だ。そこを宇田が、

「私の責任で明日は来させます。彼らをオロさないでください」

と演出家や、東宝の重役や、日劇の演劇担当の先輩たちや、関係者に手当たり次第に頭を下げて回った。先輩のひとりには、

「バカヤロー！　お前は連中のマネージャーか！」

とドナられたりもしたが、宇田は引かない。コント55号にはそれだけの価値がある、と信じていたのだ。

昼近くになって、一番肝心な人が来るのを楽屋口で待った。北島三郎本人だ。宇田が、きょう、ど

うしてもコント55号の二人が顔合わせに来られなくなった、と侘びを入れると、

「いいよ。本番はしっかりやってくれるんだろ。そんなら、ヘタに事を荒立てて、若い芽をつぶしちゃダメだ」

この一言で、すべてはピタリと収まった。が、それだけに宇田の責任はますます重くなった。責任と面子にかけて、彼らを本番には来させなくては。

その日の夕方、真相がわかった。

ある夕刊紙に、小さくこんな記事が載ったのだ。

「若手お笑いコンビ『コント55号』の萩本欽一、賭け麻雀で逮捕」

記事によれば、きのうの晩、浅草の国際倶楽部という雀荘で警察の手入れがあった際、そこに居合わせていた欽一も客のひとりとして逮捕されたというのだ。

夜もだいぶ遅くなって、舞台事務所で待つ宇田のもとへ、浅井から電話が入った。

「新聞、見たよ」

「すいません。どうにか、明日の朝には行けそうです」

初犯でもあり、さほど賭け金が高かったわけでもないので、早めに釈放してもらえたのだという。

実は、真相はもっとたわいないことだった。以前、浅草で一緒の舞台に出ていて、その頃はトリオ・スカイラインの一員として活動していた小島三児が、「欽ちゃん、久しぶりに麻雀でもしようや」と声をかけてきた。それで国際倶楽部で待ってたら手入れに巻き込まれてつかまってしまったのだ。す

ぐに釈放されたのも当然だ。

時代も良かった。テレビのワイドショーは生まれてまもない頃で、現代ほど芸能マスコミは「発達」していない。スキャンダルが起きるとレポーターたちが寄ってたかって大騒ぎし、そのタレントを抹殺してしまうアリ地獄的状況は、まだ出来上がっていなかった。

だが、欽一にとっては一生の不覚だ。これが原因で日劇をオロされたって何の文句もいえない。せっかく前途に灯りが見えてきたのに、それを自分の手で吹き消してしまう。コント55号も終わり、自分のコメディアン生命も終わり。いや、自分以上に、妻子を抱え、必死で浮上を目指している坂上や、巨額の借金を抱えながら二人を支えている浅井を裏切ってしまう結果になる。日劇関係者や北島さんにも申し訳ない。

「死んで詫びるか？」

死んだって何の解決にもならないことは、本人が一番よく知っている。でも、他にどんな方法があるというんだ？　前の晩、欽一は自分で自分の頭をボコボコ殴りながら、何時間も考えつづけていた。考えた結果、また、いつものように夜空の星に頼むしかない、と思った。きっと自分を守ってくれるはずの、どこかのたった一つの星に頼んでみよう。他にもうどんな方法が残されているというのだ。その星が幸運を運んでくれれば、また舞台に立つこともできる。だめなら、それはその時のことだ。

とにかく北島さんだ。北島さんがどう判断するか問題だ。そう思って、本番の日の朝、楽屋に入り、化粧前の北島三郎の後ろに座った時、欽一は唇が震えて震えて、とても話を切り出す勇気がなさそうな自分に気付いた。宇田と浅井の横でモジモジとしていると、北島の方から声をかけてきた。

「けっこう元気そうじゃないか」

その張りのある明るい声に、欽一も反射的に大きな声で返事を返した。

「はい」

「男だからな。それくらいはよくあることだ。気にしないで、本番、よろしく頼むぞ」

あまりにあっさりした口調に、欽一は、瞬間、その言葉の意味がつかめなかった。

「出て、いいんですか？」

「当ったり前だ。オレは、キミたちのことは知らないけど、宇田さんたちがあんなに庇うんだから、たぶんどこか見所があるんだろ。そんな人間をこんなことでツブせるかよ」「ありがとうございます」

泣き虫の欽一は、自分がまたベソをかきそうになったので、

「本当にありがとうございます」

と言って、呆気にとられる宇田と浅井を尻目に急いで一人で楽屋を出てしまった。北島さんに男の涙なんてカッコ悪くて見せられない。

坂上との会話は、

「ごめん」

「いいよ」

それだけで終わりだ。

芸能界から抹殺されても文句をいえなかった所を、欽一は救われた。やはり星に願いをかけておいてよかった。お星様が、「ずっと何年も苦労したんだから、一回の失敗くらいは見逃してやるよ」とウィンクを送ってくれたんだ、と彼は思った。

「自分はまだ運から見放されていない」

そう信じると、また新たな力が、欽一の体の奥底からみなぎって来るのだった。

○

「いくよ、二郎さん」

「はいな、欽ちゃん」

この掛け声とともに舞台に飛び出した二人は、日劇の舞台をまさしく端から端まで、走り回った。恩人・北島三郎に報いる意味でも、精一杯汗を流した舞台を見せるしかない。

ウケた。が、まだ欽一の求めている津波のような笑いにはどこか足りない。そうなると、彼はクドい。何がいったい足りないのか、周囲の人間に聞いて回る。

演出の岸田英弥の家には、毎晩、夜中の12時頃には欽一から電話がかかってきて、1時間以上、欽一の質問攻めが続いた。

「ボクが、あそこで二郎さんのこと、ちょっと手でコズいたら、笑いがおきたでしょう。あれは予期してない笑いだったんですが、どこがオカシかったんですか？」

「一度、そでにひっこんで、また出たシーンでは、もっと笑いが起きると思ったんですが、なぜあんまりウケなかったんでしょう？」

「あそこは、動くより、ジッと立ってた方が笑いがとれますか？」

ショー全体が1時間半としたら、二人のコントは真ん中のほんの10分くらい。だが、1日に2回、やるたびに欽一は何時間も反省し、また新たな見せ方を模索していた。

『北島三郎ショー』が終わっても、また7月の『夏のおどり』での出演が決まる。次こそ日劇に大津波を起こしてやろうと、欽一は、さらにひとつのコントの設定を考えていた。坂上扮するのは、路上で帽子を売っている帽子屋さん。そこに欽一が通りがかり、坂上に「帽子買ってくれませんか？」と声をかけられる。欽一は、あれやこれや注文をつけながら、なかなか買わない。名付けて『帽子屋』。

概略だけ紹介すると実にシンプルな設定なのだが、ここに、それまでの「演芸」とは決定的に違う新しさがあった。それは、登場人物ふたりが、通りすがりのまったくの赤の他人だということだ。漫才なら、お互いに見知ってる知り合いの会話から始まるし、コントでも、親子だったり、友人だったり、医者と患者だったり、どこかしらはっきりした関係性があった。『机』にしても、師匠と弟子の関係性は残っていた。

それを欽一は、あえて偶然出会った二人にしてしまおうという。

テレビで「制約」に飽き飽きした彼が、とうとうコントにありがちな芝居的な「制約」まで取っ払ってしまったのだ。最初から何も知らないお互い同士なら、どんな会話やどんな動きが出てきても、観客は何となく受け入れてしまう。

「ジャイアント馬場と大鵬と、どっちが強いと思いますか？」

そんな質問を、いきなり親子のコントでブツけると、やはり観客には違和感がある。進学や就職問題、あるいは恋愛や結婚問題など、観客の側には、親子なら当然、こんな会話をするだろうな、というイメージがあるからだ。

そんなイメージ抜きの、真っサラな関係のところから「馬場と大鵬とどっちが強い？」というセリフが出てくれば、その意外性に驚きつつも、観客はこれから二人がどんな関係を作っていくか、ついつい心引かれる。

新しいものを完成させるには、練習がいる。そのために手を差し伸べたのが滝大作だった。自分の関わっている番組の名前でＮＨＫのリハーサル室をとり、そこで二人にこころゆくまで稽古をさせた。滝も一緒にいたが、最初にちょっとアドバイスをするくらいで、後はほとんど見ているだけで二人が走るに任せた。

二人は、出ていた松竹演芸場の仕事を夕方前には終わらせて、銀座線に乗り込んで渋谷のＮＨＫへ向かう。浅草から渋谷までは、つり革につかまりながらの口立ての稽古だ。

で、ＮＨＫにつくと、最低でも3時間、長いと深夜になるまで稽古が続く。

「頼むよ、欽ちゃん、そろそろ終わらそうよ」

坂上が言っても、なかなか欽一が承知しないのだ。

「さ、もう1回」

粘り強いというより、元来、稽古するのが楽しくて仕方ないのだ。

稽古の最初は、坂上が一人だけでアドリブを始める。帽子屋と客の一人二役を勝手に演じ出すのだ。別にあらかじめそうしようと決めたわけでもないのに、そうなってしまった。

「この帽子なんかどうですか？」

「いや、ボクにはそれはちょっと派手すぎるんじゃないかな」

「じゃ、こちらは？」

「地味過ぎるよ。ちょっと年寄り臭いんじゃない？」

実際にはない帽子を手にして坂上が演じているのを、壁に寄りかかりながら、欽一はずっと見ている。10分、20分、時には1時間以上も坂上だけにやってもらう。

欽一は、一言を待っていた。自分のコント心を触発させてくれる一言を。

何かのはずみで、客の役の方で、坂上が、こんなアドリブを発した。

「死んじゃう。ボクの言うことを聞けないなら、ボク、死んじゃう」

ずっと沈黙を続けていた欽一が、止めた。

「二郎さん、それ、いただき」

そこから二人の稽古が始まるのだ。

客の欽一は、帽子屋の坂上に「買ってもいいから、ボクの頼みを聞いて」と、走りながら帽子の種類を全部言わせたり、「これは踊りながらかぶると似合うかもしれない」と勝手に踊りの振りをつけて躍らせたり、無理難題を押し付ける。で、坂上が、「それはちょっと・・・」とイヤそうな顔をすると、

「死んでやる！　ボクの言うことを聞けないなら死んでやる！」

と欽一はゴネて、いやがる坂上に、踊りながら走れ、などといったバカなことをやらせるのだ。そのバカなことを押し付けられた坂上が、必死で言われたとおりにしようとする様が、コント55号の笑いの原点だ。

また、一度火をつけると、欽一からは、次々に、雨あられのように坂上を追い詰める攻撃的アドリブが飛び出していく。

「そうか、キミはそんなに冷たいヤツだったのか！」

「ボクを見殺しにするつもりなんだな」

「キミにはヒューマニズムはないのか」

「神様がキミに天罰を加える！」

そんなセリフを爆弾のように発射しつつ、坂上を右へ左へと動き回らせ、もちろんそれと一緒に自分も動き回る。

羊飼いのように欽一が追い立て、羊になった坂上がどんどん前へ走っていく。

「頼みますよ、1つでいいから、買って下さい」

「よし、その帽子をどうやってかぶると一番カッコいいか見せてくれ」

坂上が、帽子をかぶって、ちょっと気取って歩くと、欽一、すかさず
「ダメ。ちっともカッコよくない！　スキップとか入れて、『楽しいな』って気分を体中で示してくれないと」

こんな掛け合いから始まり、もし坂上が手を抜いた動きをしようものなら、欽一は横から飛び上がって、『机』で見せたような地面と平行になる飛びげりをみせて、体全体で坂上をツッコむ。坂上も、「そりゃヒドいよ」と言いつつ、全速力で欽一に体当たりを食らわせてやり返す。最後は「ボク、やっぱり帽子は似合わないから買わない」と欽一が言ってオチになるわけだが、なかなかそのオチにたどりつかない。

最初からずっと面白いのだから、滝も笑うだけで、止めようがない。

コント55号が動きに動き、滝が笑いに笑う。本番ではせいぜい10分そこそこで終わるはずのコントが、倍以上になるのも珍しくなかった。ある時、時計を見て確かめたら、45分たっていたこともあった。

一度でもお笑いに関わった者なら、この数字の空恐ろしさはわかる。ひとつの設定で、数多くのお笑いを見てきたプロを相手に10分間笑わせ続けるのも至難の業なのだ。プロは、どこがツマラないか、一生懸命アラを捜しながら見ている。だから、なかなか笑わない。そのプロである滝が、45分、とめどなく笑った。笑うと同時に、この45分間を彼らと共有できたことに、心から幸せを感じた。お笑い

に関わった仕事にいてよかった、とすら思った。それくらい、二人の勢いは圧倒的だった。滝は言った。

「イケる。キミたちは、今、日本で一番面白いよ」

「日本一になりたい」とずっと願っていた欽一に、初めて、「キミらは日本一だ」と認めてくれる人間が現れたのだった。

○

のべ1カ月に渡って稽古に稽古を重ねて作り上げた『帽子屋』をひっさげて、コント55号は『夏のおどり』で暴れまくった。単なる言葉のたとえではなく、本当に舞台の上で暴れまくったのだった。

「トコトンやっちゃおう」

「ウン、やろうよ」

二人は、『北島三郎ショー』の時もまだ動き足りなかったと反省して、ただ走るだけではなく、左右の舞台ソデに仕切りとしてついている鉄板に、思い切りぶつかることにした。こうなると、ほとんどコントというよりプロレスだ。だが、そのくらいしなければ、二人の、後から後から湧き上がるエネルギーは収まりがつかない。

舞台、幕が閉まったその前に色とりどりの帽子が飾られた衝立が置かれ、その前に客待ち顔の坂上が立つ。いきなり、舞台ソデから走ってきた欽一が坂上にぶつかって、坂上は倒れ、「あ、ごめん」

と欽一は行ってしまおうとする。

まだ、ほんのオープニング。だが、観客は本能的に何かを予感したらしく、ここですでにひとつ、大きな笑いの波がやってきた。あきらかに北島ショーの時とは反応が違う。すでに、観客にもコント55号の輝かしい未来が見えていたのかもしれない。

熱い観客を前に、熱い出演者が飛び出していけば、火がつかないはずがない。

欽一が、「じゃ、ボクを見捨てるつもり！」などと叫びつつ、ピョーン！　と跳ね上がったかと思えば、全力で舞台の上手ソデに走っていって、鉄板に体当たり。その反動で坂上の方にぶつかっていくと、坂上だって負けてはいない。汗だくになって、今度は下手ソデの鉄板にぶつかって、ドーン！　とやり返す。

プロレスラーの方がまだ楽だ。さして固くもなく、うまく跳ね返してくれるロープにぶつかって戻ってくればいいのだから。鉄板を相手にする二人のが、ずっと痛い。

しかもコントのたびに同じ場所に体当たりをかまし、同じ場所を蹴飛ばすものだから、とうとう1カ月以上あった公演の最後の方では、鉄板がへこんだまま、元に戻らなくなってしまった。体重150キロクラスの相撲取りだって、なかなかこうはいかない。その舞台を見た日劇の重役に、

「日劇の舞台の鉄板をへこますとは何事だ！」

と二人揃って大目玉をくらったが、彼らにとっては、日劇の重役よりも、見にきてくれるたくさんの観客の方が大切だった。

鉄板にぶつかり、またはねかえし、またぶつかり、さらに鉄板を蹴飛ばし、そのたびに数千人もの観客の間で大津波が起きた。笑いの台風の目の中心に自分たちがいるのを、毎日、彼らは実感していた。快感だった。今、人がカラオケバーで歌って味わう快感の何千、何万倍の快感だった。

たった2行だったが、朝日新聞の夕刊に『夏のおどり』の劇評の中で、こう紹介されている。

「コント55号も体当たりの動きで客をわかせた」

浅井がそれをスクラップし、全テレビ局を持って回ったのは言うまでもない。

その勢いに釣られてか、一度は出演したものの、十分に動けず、不満ばかりが残った『大正テレビ寄席』から、再び「出て欲しい」と依頼が来た。

浅井が喜んでOKしたのは、言わずもがな。試しに1度だけ出演させてもらい、そのまま消えてしまうトリオや漫才もたくさんいたのだ。『テレビ寄席』にまた呼ばれたということは、正式に若手の有望株と認められたに等しい。

「頼むよ。思い切りやってね」

浅井に頼まれたはいいものの、欽一は気が重かった。またあの、たった1本のマイク、2メートルの間隔で貼られているテープの中でやらなくてはならないのか？　つい今しがたまで、37メートルの日劇の舞台を右へ左へ大暴れしたばかりなのに。

本音をいえば、出たくない。だが、すでに浅井が仕事をもってきてしまったのを、今さら断るわけにもいかない。とはいっても、2メートルしかないテープの中で、不本意なコントもやりたくない。

欽一は、どうにもならないジレンマをそのまま坂上にぶつけた。

「動きたい。動けば絶対に東急文化寄席の観客は喜んでくれるのはわかってる。でもさ、テレビじゃそれは許されない。どうしたらいいと思う?」

聞かれた坂上も困ってしまった。彼とて、前回の出番は不本意だった。でも、テレビである限り、そこに定められたルールは守らなきゃならない気持ちもある。とても自分で結論は出せない。

「どうするって、欽ちゃんに任せるよ。やりたいようにやってよ」

「じゃさ、二郎さんはこれからもテレビの仕事をやりたい?」

「そりゃ、やれればやりたいけど・・・」

「もし二人が思いっきり動いたら、たぶんテレビ局の人たちは本気で怒って、『もうお前たちなんか出さない』って言うだろう。それでもいい?」

「欽ちゃんはそうしたいの?」

「したい。テレビになんか出られなくてもいい。オレは、テレビにはひとつだっていい思い出がないんだ。出なくたってぜんぜん悲しくない」

そう言う時、いつも欽一の脳裏に蘇るのは、あの生CMのNG事件だった。すると大先輩にイジメられたことや、決められたセリフが言えずにディレクターにドナられたことや、セキを切ったように後から後から、イヤな記憶ばかりが頭を占める。

「わかった。オレは、かまわない」

「だけどさ、どうせテレビにもう出なくていいなら、局の人に怒られるのはヤだ。やるだけやって、さっさと逃げよう」

「うん。終わり次第、逃げだそう」

あの日劇の爆笑が、欽一のその決意を生んだともいえる。テレビでシクジったって、自分たちには舞台があるじゃないか！　どうせシクジるのなら、相手に合わせるのではなく、やりたい通りにやって玉砕したい。

その日、やはり前と同じに中央にマイクが1本。カメラフレームからはみ出さないように、テープも床にしっかり貼られていた。

「いくよ、二郎さん」

「はいな、欽ちゃん」

ふたりはアイコンタクトを交わし、舞台に出て行った。ネタはもちろん『帽子屋』だ。やってしまえば、後はどうなろうと知ったことか！　そんな開き直りの気分がさらに昂揚感を生んだのか、二人の動きはひとしお派手だった。舞台の端から端へ走ったり、跳んだり、ソデの柱にぶつかってみたり。

ナマで見ていた文化寄席の観客は唖然とした。彼らは、いまだかつて、こんなお笑いを見たことがなかったのだから。出演者の誰もが、テレビフレームを意識してこじんまりとしたお笑いをやっている中、コント55号は、突然、フレームをぶっこわした。ある意味、ほとんど暴力だった。

「ついてこれなかったら、ついてこなくてもいい！」

それまでのテレビのお笑いすべてに対する挑戦だった。

が、驚きはすぐに笑いに変わっていた。二人の男が必死でぶつかり合い、ドナり合う様が、とにかく新鮮でオカシかったのだ。落語にも、漫才にも、トリオにもない新しいジャンルの輝きがそこにあった。

唖然としたのは、カメラを回していた局のスタッフも同様だ。いいや、驚きの度合いは観客よりもずっと大きかったろう。

みんな大慌てだった。このままでは、テレビ中継を見た視聴者は、いったい何が何だかわからないだろう。コント55号のふたりは、画面に出たかと思えばすぐフレームから消えてしまい、音まで聞こえなくなってしまう。聞こえるのは観客の笑い声だけだ。それでしばらくしたら、また出てくる。こんな映像をはたしてテレビで流せるか？

驚きはそれだけではなかった。お笑いタレントにとって、テレビ局は大切なお得意さん。特にまだ名もあまり知られていない若手にとって、人気が出るかどうかはテレビの露出の多少が大きく影響する。自然、テレビ局の作ったルールに逆らう人間などいるはずはなく、局の人間にも「芸人はこちらの言うがまま」という驕りがあった。

コント55号は、そんなテレビ局のプライドにも挑戦したのだ。許してもらえるはずがない。

「早く逃げよう」

楽屋に戻って、すぐに衣装を片付け、急いで逃げ出そうとした瞬間、ドアが開き、担当ディレクターが楽屋に入ってきた。

マズい、1歩遅かったか・・・。いきなりドナられたらたまんないなァ。しかし、相手はそれほど怖い顔もしていない。いいや、ニヤッと笑ってから突然怒り出すディレクターもいる。油断はできない。やむを得ない、まずは謝ってしまおう。

「すいませんでした」

偶然、欽一と坂上の両方から出た言葉がこれだった。ところが、ディレクターの反応は、まったく二人の予想の逆をいっていたのだ。

「ごめん、ごめん、悪いのはボクらの方だ」

今度は二人が唖然とする番だった。ディレクターは、なおも続けた。

「すごいなァ、あの動き。5秒に1回笑わしてくれ、ってボクはいつもみんなに言ってるけど、キミらはまさにそれだ。マイク1本、スポットライトの中でやってくれっていうボクらの方が間違ってた。今度はマイクも何本も置くし、自由に動き回ってくれていいから、また出てよ」

捨て身の挑戦が、思わぬ結果を生んだのだ。かつて、ずっとテレビの制約の中で生きようと苦心し、ついに果たせないまま放り出されてしまった欽一。それを諦めて、制約の外側で好きなようにやっていければいいや、と開き直った時、見捨てたはずのテレビの側が近寄ってきた。

欽一は、かつて浅草時代に思い描いた「日本一のコメディアン」になる夢が、まんざらただの夢ではなくなりそうなことを、この時、初めて本気で意識した。

昭和42年秋。テレビは、確実にコント55号を必要とし始めていたのだ。

○

ひとつ、大きな別れがあった。

日劇での成功を機に、浅草から浅井の借りてくれた港区白金のアパートに引っ越すことになった欽一。それは同時に、4年間をともに過ごしたみゆきとの別離も意味していた。踊り子という仕事柄、彼女が何カ月も巡業で戻ってこなかったこともある。だが、そのために欽一が浮気をしたわけではない。いささかキレイ事になるが、これから出世するであろう欽一にとって自分は邪魔な存在になる、とみゆき自身が身を引いたというべきだろう。欽一と彼女の関係は、恋人や愛人である前に、どこか母と息子なのだ。息子のためなら、母は自分を消してしまっても悔いはない。

「ホントに、いいのか?」

「いいわよ」

それだけで別れ話は終わった。

「冷蔵庫とか、テレビとか、みんな持っててってね。どうせ私、実家に帰れば揃ってるし。欽ちゃん、ないと困るでしょ」

そう言って、みゆきは鏡台ひとつだけを持って豆腐屋の2階から去っていった。やがて二人が再会を果たし、記者会見を開いて入籍を発表するのは、それから9年も過ぎた昭和51年のことだ。

みゆきと別れ、浅草とも別れた。過去と決別した欽一に見えるのは、ようやく光が差し込み始めた未来だけだった。

第11章　時代の申し子・テレビの申し子

日劇への出演は、昭和42年だけで6回を数えた。完全なレギュラー化といえる。テレビも、『大正テレビ寄席』だけでなく、当時、「東京の田舎っぺ」として売れに売れていた東京ぼん太司会の『お茶の間寄席』など、いろいろな番組から出演の依頼が来るようになっていた。

ネタがどんどん必要になっていく。二人のコントは基本的にはアドリブによって成立しているとはいえ、状況設定がなくては話は始まらない。欽一だけですべてを考えるのは難しい。となると、一緒にネタを考えてくれるブレーンが不可欠だ。

そのブレーンとして、欽一は『帽子屋』を一緒に考えてくれたNHKの滝大作、それにはかま満緒の家でしばしば顔を合わせていた岩城未知男がいた。ちょうど浅井良二がはかまとその弟子の放送作家たちのマネージメントも手がけており、コント55号と岩城は、どちらも浅井企画所属でもあったのだ。

岩城は、日大芸術学部映画学科出身で、もともとコメディ映画の脚本を書くのを目標にしていた。ところが、偶然、こうした行きがかりから、それ以後、コント55号が日本中を席巻した昭和40年代半ば、「超売れっ子放送作家」として台風の目の中心に置かれていく。

彼らとのミーティングの場は、いつも港区白金の欽一の住むアパートだった。浅井が欽一のために借りたその部屋は、モルタル2階建ての2階、6畳一間に板の間と台所、風呂、トイレつきの、当時としては平均的な間取りだ。そこへ、夕方以降、仕事を終えた欽一や滝や岩城が集まり、新しいネタの打ち合わせをするのだ。少なくとも、昭和42年から43年に年が替わる頃は、そのくらいのペースでもテレビで出す新ネタに困らないくらいには対応できた。白金のアパートで過ごせる時間も割合多かった。

実はこのアパート、住んでいたのは欽一だけではなかったのだ。事務所の後輩で、後に「コント0番地」を結成する車だん吉（当時の芸名はタンクだん吉）、岩田がん太、さらに昭和43年になって、新たに付き人となった竹内政弘も加わっている。

6畳一間で、寝るのも分厚いマットレスの布団は欽一が占領し、車と岩田は横で、薄っぺらいせんべい布団。竹内は板の間だ。冬は寒いものだから、車は、

「欽ちゃん、ズルい！　オレも厚いのに寝たいよー！」

などといって、勝手に欽一の布団に入ってくる。慌てた欽一が、

「バカ！　だん吉、冷たいから入ってくんじゃない！」

「ヤダ、こっちのいい布団のがいい！」

「ヤダよ、オレ一人で寝たいよ！」

「いいじゃない！」

「出てけよ！」

こんなやりとりを20分も30分もやってる。要するに、修学旅行の高校生同士がじゃれあってるようなものだ。欽一でさえ20代半ば、車も岩田も、まだ20代前半。アパートは、実質上、明日を夢見る若者たちの合宿所であったのだ。

欽一は、はかま満緒の家で鍛えられた「遊び感覚」を、この合宿所で改めて後輩たちに伝授する。

たとえば食事だ。車たちと近所の大衆食堂に行って、

「おばちゃん、鮭の切り身を一切れだけくださーい」

と、４人もいるのに全員でたった一切れの鮭を頼む。それを身と骨と皮に分けて、身は欽一自身が取り、骨は車と岩田、皮は竹内に与える。で、

「だん吉、お前はこの身が食べたいか？」

「もちろん。食べたい！」

「がん太も竹内も食べたいか？」

「はい」「はい」

「どうしても食べたかったら、１分間、オレにお願いしろ。そのお願いの言葉がよかったら、食べさ

してやる」

さっそく車がお願いを始める。

「欽ちゃん、お願い。食べさしてよ。朝から何も食ってないんだからさ」

「ダメ！　物を頼むのに『欽ちゃん』はだめ。『萩本様』、あるいは『萩本大先生』と呼びなさい」

「わかりました。じゃ、萩本大先生様」

「違う！　大先生様じゃなくて、様と大先生は別！」

「じゃ、萩本様と大先生は別の大先生様！」

「だん吉！　お前は本当にお願いする気はあるのか！」

こんな調子で、会話がそのままコントになってしまう。欽一にとって、コントはわざわざ演じるものではなく、日常の中にいくらでも転がっている空気のようなものなのだ。欽一は、同世代の若者と一緒に「遊ぶ」ことで、いつもその空気を呼吸している。

○

浅井は、張り切っていた。この機を逃したら、せっかく上潮に乗りかかったコント55号が、乗り切れないまま失速してしまうかもしれない。

テレビ局のプロデューサー、ディレクター、有力な放送作家などへの銀座での接待、プレゼント攻

勢は金に糸目をつけない。ゴルフの趣味のない人にゴルフバックを送って、

「ボク、ゴルフ、やったことないんだよ」

といわれたら、さっそく、

「じゃ、一緒にコンペやりましょう。やれば覚えますから」

と引っ張り出して、ゴルフ場でコント55号の出演の話を取り付ける、なんてこともしばしばだった。

まだ55号はそんなに稼げるタレントにはなっていないのに。

すべては持ち出し。借金できる先からはとりあえず借りきり、二人に6万円づつとはいえ月給も払っていた。

有り金残らずどころか、ない金まで持ってきて、すべて賭け金にして差し出した状態だ。

『大正テレビ寄席』の楽屋でのことだ。付き人としてついていた車と岩田が、うっかり靴べらを忘れてきた。仕方ないので、欽一は指をつかって靴を履いた。

それを見て、顔から火が出るくらいに怒ったのが浅井だ。

「お前たち、もう明日から来なくていい！　キップ買ってやるからクニへ帰れ！」

浅井にしてみれば、自分は全身全霊でコント55号に賭けてる。それなのに、お前らの怠慢で、もしまわりに見られて、「あいつらは靴べらもないタレントだ」と思われたら、悔しくてたまらん。もう、そんなヤツはいらん、というわけだ。

この剣幕に、欽一の方が驚いてしまった。車の耳元に、

「だん吉、後で謝りにいった方がいいぞ」

言われなくても二人はあやまりに行くつもりだった。当時、浅井の住んでいた横浜・福富町に行き、「すいません」と家の前で頭を下げた。さすがに浅井の妻は、「そのくらいのことで怒るなんて」と二人を入れてあげようとする。

が、浅井は許さない。「お前は黙ってろ！」と妻を突き飛ばし、その場にあった机をムシャクシャついでにぶち壊し、

「お前らのために机がむちゃくちゃだぞ！」

と理不尽に暴れ回る。

彼は許せなかったのだ。自分がこれほどコント55号のために賭けているのに、欽一と一緒に住み、その世話にもなっているはずの車と岩田が、なぜ自分と同じ気持ちになってくれないのか。

浅井にとって重要なのは看板だった。看板さえ大きくなれば金は後からついてくる。その看板を汚す行為は些細なことでも許せない。

結局、車と岩田は許されたが、「この次やったら、本当にクニにかえってもらうからな」とたっぷりクギをさされた末のことだった。

○

浅井の奔走もあり、昭和43年の年明けと同時に、コント55号に初のレギュラー出演の話が舞い込んできた。フジテレビで毎週金曜日の昼間、午後0時15分からの30分番組、『お笑いヤマト魂』だ。日劇の舞台や他局での出演を見たフジのスタッフ、それに売れっ子放送作家として大車輪の活躍をしていた塚田茂も「55号で行ってみよう」と意見がまとまって、このワクを二人が任されることになったのだ。さっそく岩城未知男が、その構成を任されている。

だが、結果としてみると、この番組は成功していない。内容が、いわゆる演芸番組のジャンルから抜け出ていなかったためだ。コント55号が司会進行役をやりつつ、自分のネタも披露する。それにゲストのお笑いトリオや漫才も出てきて、ネタをやる。この手のネタ番組は、牧伸二の『大正テレビ寄席』のヒット以来、それこそ各局が競い合うように作っており、すでに視聴者に飽きられ始めていた。それでもまだ番組が量産され続けられたのは、ドラマや歌番組に比べ、ひとえに制作費が安かったからに過ぎない。

たとえコント55号が新しい笑いを作っても、それを盛る器が古くては、世間はその面白さを見逃してしまうものなのだ。

かえって、同じ年の4月から準レギュラーで出演した、大阪朝日放送の『てなもんや一本槍』の方が、世間に強烈な印象を与えている。これは藤田まこと主演の「てなもんや」シリーズの1本で、大ヒットした『てなもんや三度笠』の後番組として制作された。舞台は戦国時代で、欽一と坂上は忍者の役で舞台を走り回ったのだった。

しかし、コント55号の人気を決定的なものにした番組といえば、昭和43年4月1日にスタートした『お昼のゴールデンショー』。はっきり言って、これに尽きる。

平日正午のワクといえば、それまで人気を誇っていたのがNET（現・テレビ朝日）の『桂小金治アフタヌーンショー』だった。「怒りの小金治」と呼ばれ、社会悪や、だらしない生活を送っている人間に対して顔を真っ赤にして怒る硬骨漢・小金治を柱に、「指圧の心は母心」と唱える指圧の先生・浪越徳治郎や、料理コーナーの田村魚菜、英会話のイーデス・ハンソン、美容体操の小桜葉子と、ユニークで圧倒的なキャラクターを次々と生み出し、ほぼ一人勝ち状態であったのだ。

他局は、手軽な寄席番組や歌番組でお茶を濁していて、本気で『アフターンショー』に勝負を挑もうという姿勢はない。コント55号初司会の『お笑いヤマト魂』も、そんな中で負けを承知でハメ込んだ捨て駒番組であり、それが失敗したからといって、すぐ「コント55号じゃダメだ」とならなかったのは幸運だった。とはいっても、一度試して数字が取れなかったタレントが、なぜ同じ時間帯の番組に再び起用されるに至ったのだろうか？

ここに、コント55号を、さらには萩本欽一を語るには欠かせない一人の女性の存在が浮かび上がってくる。彼女の名は常田久仁子、フジテレビのディレクターだ。

かつてラジオの文化放送でドキュメンタリーを担当していた彼女は、昭和33年にフジテレビに移籍した後も、最初は得意の社会教養のセクションにいた。それが何のハズミか、昭和39年に演芸部に異動になり、お笑いバラエティーを作るハメになったのだ。

もとよりお笑いタレントについては予備知識が何もなく、その頃、ベテラン漫才師としては最も安定した人気を誇っていた獅子てんや・瀬戸わんやの名前すら知らなかった常田は、とりあえず手当たり次第にお笑いを見た。寄席にも行き、日劇や浅草の国際劇場にも行き、テレビの公開番組にも行った。その中で、偶然見たのが、日劇で上演していたコント55号の『帽子屋』だったのだ。そして、その鉄板をへこます二人のエネルギーに圧倒され、転げ回って笑った。今までさんざ見てきた、テレビのフレーム内にチンマリと納まるコントや漫才とはまったく違う。

余分な先入観やお笑いについての知識がない分、直感に対してストレートだ。常田は、「この人たちは絶対に売れる」と信じた。

○

新宿区・河田町、フジテレビのすぐ向かいにあった「長寿庵」というそば屋2階で、ある集まりがあったは昭和43年がまだ幕を開けたばかりの頃だった。

出席者は、後に共同テレビ社長にもなった坊城俊周などのフジテレビの首脳陣や、塚田茂、前川宏司といった売れっ子放送作家、それに現場をあずかるディレクターたち。女性は常田だけだ。

もりそばや、鴨南蛮を食べ終え、お茶をすすりながらのブレーンストーミングのテーマは、言うまでもなく平日正午の時間帯にどんな番組をぶつけるか？　だ。いくら『アフタヌーンショー』が強いからといって、いつまでも逃げ腰でいたら、フジテレビの名がすたる。かといって、そう簡単に打倒NETの必殺企画が出るはずもない。

やはりお笑いバラエティで勝負すべきだろう、と方向性は一致を見たものの、ありきたりの寄席番組をやっても勝てるはずもない。今までのお笑いとは何か違うものを作るしかない、とはわかりつつ、いったい誰を使ってどんな内容にしたらいいのか？

50年近くたった現在では信じられないことながら、その頃のフジテレビは決してお笑いバラエティが得意な局ではなかった。歌とコントをまじえたバラエティショーなら『シャボン玉ホリデー』などを放映していた日本テレビ、寄席番組なら『大正テレビ寄席』のNETがそれぞれ強い。報道ならNHK、ドラマならTBSが定評があり、フジはどちらかといえばあまり特徴のない、大人しい雰囲気のテレビ局だったのだ。

その弱点をカバーすべく、フジの首脳は日劇の演出も手がけ、バラエティのエキスを知り尽くしている塚田と、各局でコントやバラエティを数多く手がける前川を呼んだのだ。司会は番組の顔、だったら、それまでの常識では考えつかない新しい組み合わせを考えればいいじゃないか、と前川は語った。

「そういう意味で、一方は前武さんでどうでしょう？」

前川の推薦で前武こと、前田武彦の名前が出た。これについては、フジ側も異存はない。もともと『シャボン玉ホリデー』の台本などを手がける放送作家であった前田武彦だが、すでに毒舌が売り物のテレビタレントへの転進を果たしていた。永六輔、青島幸男、大橋巨泉などと同じパターンだ。

放送作家からの転向組は、普通のタレントに比べてそこそこ頭がよく、そこそこ機転が利いて、何よりテレビのことを知っているから、どんな場面で、どんなアドリブを飛ばせばいいかを身をもって知っている。しかも世間的には、何となく文化人、知識人っぽいイメージがある。従来の「お笑い＝演芸」のワクを取り払うにはちょうどいい。

さて、その前武に誰を絡ませるか、で議論は紛糾する。その頃、落語家としては最も勢いがあって、すでに落語家のワクを飛び出していた感のある月の家円鏡（後に橘家円蔵）を押す声もあり、やはり売れっ子ということでチック・タックあたりの名前を出す人もあり、いっそイキのいいお笑いタレントを毎日日替わりで出すのはどうか、といったアイデアもあり。まったくお笑い界とは関係がないタレントを起用したら、という案もあった。

その時、決然として立ち上がったのが常田だったのだ。

「コント55号でいくべきだと思います」

もとより、思ったことをズバズバ言い切る性格の常田に、自分がその場の「紅一点」だなどという意識はない。かつて日劇の舞台を見て、彼女は「55号はいい」と思った。その気持ちをストレートに口にしただけなのだ。

「どうかね。『お笑いヤマト魂』も、それほど数字よくないんだろ？」

「あれなら、まだてんぷくトリオやチック・タックのが売れてるし、安全じゃないかな」

否定的な意見が相次いだ。それに常田は真っ向から受けて立った。

「売れてるから使う、という発想では『アフタヌーンショー』には勝てません。これから売れる人を使うんです」

「でも、55号って、売れそうか？」

「売れます。私も、漫才やコントや、いろいろなものを見て回りましたが、あのコンビだけ別でした。芸人っぽくないというか、フレッシュなんです。キラキラしてるんです」

塚田茂が、同意した。『ヤマト魂』でもコント55号を推したくらいで、彼はもともと日劇の舞台で大暴れした二人を非常に買っていた。

「理論派の前武さんに、若くて向こう見ずでテレビのワクなんか平気ではみ出しちゃうコント55号がカラむ。これ、イケます！　私が保証する！」

「どんどんクジラ」と呼ばれた塚田茂の大声が「長寿庵」の2階に響き渡った。

「それ、いいですよ」

前川宏司もうなずいた。

「塚田さんと前川さんがそうおっしゃるなら」

議論は収束に向かった。常田の主張以上に、売れっ子作家二人のフォローが、前武・55号の異色の組み合わせを生んだといっていい。

だが、正直なところ、フジテレビの首脳部は『アフタヌーンショー』に勝てるところまでは期待していなかった。せめて、NET以外の局には勝ちたい、そのへんが率直な望みだったのだ。

常田が初めてコント55号の二人と顔を合わせたのは、実はその後のことだ。千葉の館山の公会堂で、ADだった竹島修を連れた常田は、楽屋で、『帽子屋』を熱演したばかりの欽一と坂上に挨拶をした。

それは、ある電気会社がスポンサーについた地方興業で、テレビ放映は絡んでいない。『帽子屋』はウケまくっていたが、欽一は明らかに疲れた顔をしていた。

「フジの常田です」と常田が自己紹介した際にも、欽一は「はァ」といささか気のない返事を返すだけで、口をつぐんでしまう。

「どうしたの？　舞台じゃ、あんなに元気に動き回ってるのに」

「すいません、ちょっと・・・」

「ちょっとじゃないわよ。元気出してくれなきゃ困るのよ！　こっちは思い切り期待してるんだから！　楽しくいきましょ」

常田の、明るく弾んだ声につられて、欽一もだんだん楽しい気分になってきた。この人になら、何となく心を開けそうな予感がする。女性に母親的な包容力を求めていた欽一に、彼女なら答えてくれそうだ。

「4月からの番組、私は金曜日担当に決まったんで、よろしくね」

「はい、精一杯やります」

欽一は元気な声を返した。常田には、顔を合わせる相手に自分の元気を分けてあげる特技があったのだ。

が、常田が去った後、欽一の体には、ジワジワと蓄積されはじめた疲労がのしかかってきた。昭和43年のコント55号は、すでに42年の55号ではない。「テレビで同じネタはやらない」と坂上と誓い合ってやってきたものの、テレビの出演本数が増え、新ネタ作りは後を追うように締め切りが迫ってくる。仕方なく、この時のような地方興業では過去に受けたネタをそのまま使う。これが完全を目指す欽一にとってはたまらない苦痛だった。

しかも4月からは、フジテレビ昼の帯番組が加わるという。

「大丈夫だよ、欽ちゃん。オレたちならやっていけるさ」

坂上はすこぶる楽天的だ。欽一にとっては羨ましいくらいに。欽一はいつも考えてしまう。このままでいいのか？　これで「日本一のコメディアン」になる夢は達成できるのか？　何かが足りない。もっともっと面白くしなければ。

「大丈夫だろうか？」

コント55号について危惧していた男がもうひとりいた。前田武彦だ。自分のフリートークに関しては絶対の自信を持っていた前田だったが、その二人組が、果たしてうまく噛み合ってくれるだろうか？浅草出身と聞いて、少しイヤな予感もあったのだ。お笑いの垢がつき過ぎていると、番組のバランスを壊してまで自分が目立とうとする悪癖が身につきやすく、またネタではイキイキしていてもフリートークがはずまないことも多々あった。要するに、悪い意味での「芸人」になってしまいやすい。

番組が始まる前に一度会っておきたい、その前田の要望が叶えられたのが、スタート1カ月くらいの日劇の楽屋だった。

二人の姿形を一目見て、前田は安堵した。黒いズボンに、茶色のとっくりのセーターを着た坂上に、萩本も無地のクリーム色のシャツ。今から工場に働きに行きそうなオジサンと、今、授業が終わったばかりの大学生のような二人。身体的な特徴があるわけでもなく、街を歩いていたら、つい見過ごしてしまいそうなくらい普通だ。

そのくせ、二人とも笑うと妙な愛嬌がある。

「ネタはできるの？」

「はい、道具は持ってきてます」

欽一の答えも、別に物怖じせず、若手芸人が目上の者によく見せる卑屈さもない。

そこで二人は『机』を演じて見せた。

ネタは確かにいい。ただ、フリートークがどこまでやれるかは本番になってみないとわからない。

前田は、一緒にいた塚田茂と、コント55号に「座付き作家」の立場でついてきた岩城未知男にこう言った。

「いいじゃないですか。ただ、生放送でやり直しがきかないから、後はどれだけ適応力があるかですよね」

彼はまだ決して楽観してはいない。

国電有楽町駅から歩いても1~2分。皇居側から見れば丸の内警察の左横の道を入っていったニッポン放送ビルの並び。そこの蚕糸会館3階にあったのがヴィデオホールだった。収容人員は定員500人。規模としては『笑っていいとも!』のスタジオアルタよりもだいぶ大きい。ここで、フジテレビ正午の帯番組『お昼のゴールデンショー』は昭和43年4月1日にスタートしたのだった。

その時のゲストは歌手の梓みちよとお笑いは晴乃チック・タック。NETの『アフタヌーンショー』以外のライバルは日本テレビが歌番組、TBSは演芸番組、NHKが音楽クイズ番組の『シャープさんフラットさん』であった。

コント55号は、まだそれほど顔が売れていない。だから、元祖・漫才アイドルとして若い女のコに人気のあったチック・タックに比べると、拍手や声援はその半分もなかった。だが欽一と坂上にそんなことを気にするゆとりはない。自分たちがどれくらい面白いか、わからせてやろう。そのためには骨身を惜しまずに動き回ることだ。

会場の観客、テレビを通して生放送を見た視聴者には、一瞬にしてその勢いの違いを知る。まだ20代半ば同士だというのに、マイクの前にへばりついて、相変わらず「いーじゃなーい」「どったの?」といったかつてヒットさせた、使い古しの流行語に頼った漫才を続けるチック・タック。

○

一方のコント55号は舞台狭しと暴れまわるどころか、客席に飛び降り、あげくの果てはエレベーターで表の路上まで降りていって、道行く昼休みのサラリーマンやOLに声をかけてしまう。

「ね、昼ご飯、何たべました？」

なんて。そのダイナミックさに、観客も視聴者も、まさに笑い倒された。

お笑い界は非情だ。たとえ昨日、爆笑をとっても、きょうが受けなければ、もう過去の人だ。努力も研鑽も、予習、復習も通用しない。ただ時代という波にどれだけスッと乗れてしまうかだけですべてが決まる。

この日、誰の目にもはっきりとチック・タックはコント55号に敗れ、翌年、チック28歳、タック26歳にしてコンビは解散した。以後、チックは一度も芸能界で再浮上することなく44歳で生涯を閉じている。

これから1年間、コント55号は、このように、かつてのお笑いスターたちを次から次ぎへと「過去の人」へと追いやっていく。トリオ・ザ・パンチも、ナンセンストリオも、Wけんじも、欽一の師匠だった東八郎率いるトリオ・スカイラインも。みんな、今さらコント55号の真似をして舞台狭しと動き回ろうとしても無理なのだ。一度作った芸風は変えられないし、全員、坂上はともかく、欽一よりも年上であり、体力もついていけない。自然にダイナミックな55号の動きを見た後、彼らの動きを見ると、まるで箱の中に収まった仕掛け人形のようにちんまりと見えてしまう。テレビ局が貼ったテープのワクの中で動いていた人たちには苦難の時代がやってきたのだ。

浅草の大先輩である渥美清は、コント55号のコントを評して、こう語ったという。

「彼ら、原っぱで芝居やってるみたいな良さがあるよね」

前田武彦とのフリートークも、思いのほか、スムースだった。

欽一と坂上には、自然と役割分担が出来つつあったのだ。たとえば二人がハワイのアロハシャツのような派手な柄の衣装で登場する。前田がまずツッコむのは欽一だ。

「欽ちゃん、カッコいいね。そんなシャツを着たら女のコが寄ってくるんじゃない？」

欽一はちょっとはにかんでテレ笑い。

「そうですか。弱っちゃうなァ」

明るく素直な切り返しだ。決して前田にツッコミを返してはこない。年上で、しかも文化人的な一面のある前田に、尊敬を込めて、一歩引いて対応している感がある。

一方の坂上は遠慮なく前田にツッコむ。前田が少しセリフをいい間違えたりすると
「だいじょぶですか？　お酒、弱いくせに、また昨日飲んだんでしょ？」

とやや楽屋落ちの、私生活ネタまでかましてくる。

前田が欽一に「イタチ」、坂上を「タヌキ」とあだ名をつけ、「タレ目の欽ちゃん」、「チッコイ目の二郎さん」と呼んでからかった時も、坂上はすぐに前田に「カワウソ」というあだ名をつけて対抗している。

「よ、タヌキ」「これはこれは、カワウソさん」

と軽くキャッチボールだ。

つまり、欽一は坂上をとことんツッコむが前田にはツッコまれても言い返さない。前田は欽一には言い返されないが、坂上にはしばしば痛いところをつかれる。坂上も欽一には弱いが前田にはなぜか強い。そんな三すくみの関係が出来上がっていく。

コントでは爆発するが、それ以外では純真ではにかみ屋の欽ちゃん、コントではやられっ放しだけど、トークでは案外気の効いたことをいう二郎さん、といった形で二人のキャラクターもキレイに分かれた。

1日1度は披露するネタの爆発力に、このキャラクターと関係性が鮮やかに分かれたトークの魅力が加わり、番組の人気はスタートして1カ月しないうちに火がついていく。

○

不思議な現象が起きた。

気が付くと、コント55号のライバルはてんぷくトリオやチック・タックといったお笑い勢ではなくなっていたのだ。その頃、男性アイドルとして最も女のコたちに騒がれていたザ・タイガースのジュリーこと沢田研二や、ザ・テンプターズのショーケンこと萩原健一こそが、彼らのライバルになっていた。

『お昼のゴールデンショー』の会場であるヴィデオホールは、『笑っていいとも！』のアルタとは違い、18歳未満入場禁止という措置はとっていなかった。開場は番組開始45分前の11時15分からの先着順なのだが、すでに9時すぎには列が出来始め、しかもそのほとんどが女子中高生なのだ。番組スタート時には来れば入れるくらいだったのに、1カ月を過ぎた頃には、入りきれない客が表口、裏口に溢れ、それでも一目コント55号が見たくて、帰りもせずに待ち構えている状況になってしまった。番組の途中で表に出ようものなら、パニック状態になって収拾がつかなくなってしまう。

会場のまわりばかりではない。本番が始まって、二人が登場するや、

「欽ちゃーん！」「二郎さーん！」

という声援がそれこそ雨あられ状態で降り注いで、肝心の彼らのセリフまで聞き取れなくなるくらい。

なぜなのか、肝心の二人がよくわからない。

若くて、ちょっと目がたれてて、どこか母性本能をくすぐられるルックスの欽一が女のコに騒がれるのは少しはわかる。だが、坂上は一見、ただのオッサンだ。どう考えてもティーンの女のコたちに騒がれる理由はない。

「たぶん、骨身惜しまず、ファンにサービスしてるからでしょ」

「誰でも頑張ってる姿ってカッコよくみえるもんだからね」

あまりに汗だくで走り回るために、1回出番が終わるたびに、ビショビショになった下着を着替え

る二人。番組1本出演する間にパンツを3回は履き替えるという熱演がきっと女のコたちを引き付けるんだろう、と自分なりに分析してみる坂上だ。

改めて今になって考えてみれば、原因は「時の勢い」と見るしかない。ミーハーと呼ばれる女のコたちは、他のどの年代よりも早く時の勢いを持った存在を見抜く力を持ち、熱狂的に歓声を送る。そして誰よりも早く飽きて、また時の勢いを持った存在を鵜の目鷹の目で捜して歩く。それが証拠に、コント55号の人気は翌年も翌々年も衰えることはなかったが、「欽ちゃーん!」「二郎さーん!」と叫ぶ女のコたちの勢いは43年をピークに、坂道を下るが如くに減りつづけていく。

だが、そんな外側の喧騒も彼らにとっては、さほどの問題ではなかった。彼らはアイドルではない。お笑いなのだ。その自覚がなくなるはずはない。

出演者やスタッフの間では、本番前後のコント55号の楽屋は危険だから近寄らない方がいい、といわれていた。

本番前のリハーサル、二人は舞台で演じる前に、楽屋で徹底的に体を使いながらネタを完成させていくのだ。岩城の書いた台本には、ただ「萩本、坂上の手を払いのけて」と書いてあるのを、欽一は「ここはずみをつけて二郎さんにぶつかっていくから」

と、実際に壁にぶつかって、その反動を利用して坂上に体当たりをかましたり。それはもやらプロレスかケンカの世界だ。ドタンバタンと音がしていたら、まだネタを固めている証拠、その音が終わったらリハに入れるので呼びに行ってもいい、と若手のスタッフたちも先刻こころえていた。

番組が終われば終わったで、また二人の反省会だ。いつも欽一が坂上を責めた。

「二郎さん、まずいよ。ああいうふうにやられると、こっちが困っちゃうんだから」

欽一が一番気にしていたのが、坂上が「二郎さーん！」という声がかかると、コントの最中でもついその声にリアクションしてしまうことだ。元来、サービス精神旺盛で、しかもキャバレーの司会時代に身についた、とりあえず客には愛嬌を売るしかないという習性は、そう簡単には取り去れるものではない。だが、それによって妙な間が生まれ、コントのリズムが変わってしまうのを欽一は嫌った。

「忘れるのは仕方ない。でもあれはやめてくれよ！」

「ごめん」

謝りはするが、またつい何日かするとやってしまう坂上だった。貧乏性と同じだ。一度身についたものはなかなか直せない。

シモネタに関しても同じだ。お客サービスのつもりで「タヌキのアソコは八畳敷」なんていおうものなら、終わった直後、楽屋で欽一の強烈なチェックが入る。

「どーして二郎さんはそーなんだ！　どーして言わずにガマンができないの！」

隣りの前田の楽屋には、そんな欽一の声がいやでも入ってくる。だが、二郎さんが気の毒だからあまり責めないでよ、などと仲介にいける雰囲気ではない。事は、お笑いコンビ「コント55号」の笑いに対する姿勢の問題なのだ。二人以外の外部が入り込んでどうこう言える筋合いではないではないか。

7つ年上の坂上が一方的に欽一にやり込められるのを気の毒と見る向きもあった。が、お笑いは年齢ではない。コントのアイデアを作る側の欽一が坂上にダメを出すのは当然の措置だ。それは坂上も割り切っている。自分が若い女のコにさえ声をかけられるほどの人気者になったのも、ひとえに欽一とコンビを組んだからこそ。昔の苦しさを思えば、欽一にダメを出されるくらいどうってことはない。

第12章　日本一のコメディアン

世界中が騒然としていた。

中国では昭和41年に端を発した文化大革命の嵐が最高潮に達し、ベトナムではアメリカ軍の北爆によって北ベトナム本土も多大な損害を受け、アメリカではベトナム反戦運動が激化し、チェコのプラハにはソ連軍が侵攻し、パリでは学生たちによる5月革命が巻き起こり、どこもここもビックリ箱を開けてそのまま放置したかのように、グチャグチャに混乱していた。

日本がその影響を受けないはずがない。学生運動の火は燃えあがり、既成の体制はすべて「悪」であり叩き潰さなくてはいけない存在なのだ、とまるで宗教のように若者たちが信じて、ゲバ棒を振り回した時代だった。

ただ、結果的にはその政治的エネルギーは日本を何も変えなかった。数十年たった今でも、相変わらず自民党政権は続いている。

日本の政治は変わらなかったが、お笑いは変わった。昭和43年から44年の2年間、コント55号が変えてしまった。だが、それだけにコント55号は、過去を大切に守りたがる数多くの「有識者」たちから、クソみそにけなされている。

ある演芸評論家は、人気が出てきたばかりのコント55号をこう評した。

「彼らが売れているのは現代七不思議のひとつ。しいていえば『無芸』を売り物にした芸能人ということになろう。無芸も芸のうちだといえばそれまでだが、片方は『バカ者！　バカ者！』の連続で、それこそバカの一つ覚えのような無芸ぶり。また一方は、ノドの奥からクックッと妙な笑い声の連続。そして、ブンなぐって、突き飛ばして、転がって・・・とくれば、もうなにをかいわんやである」

さらに別の評論家も、

「あんなドタバタ笑いがこんなにモテるようでは、汗水流し、血のヘドを流しながら、芸に執心している芸人は考えさせられてしまう。どうせ彼らのファン層は知能程度の低い、いわゆるミーちゃん、ハーちゃん族であろう」

今思えば、ピントはずれなこんな批評が生まれたのも、あまりにコント55号の笑いが新しすぎて、評論家側の感性が対応し切れなかったため、といえる。

しかし人気者に飛びつく点では、「ミーちゃん」「ハーちゃん」と同じくらいにテレビ局は早い。そして、下り坂で見放す点でも、時にミーハーよりも早い。

『お昼のゴールデンショー』はスタート3カ月後には、お昼の番組では異例ともいえる23・1％の視聴率を稼ぎ、あっさりと『アフタヌーンショー』を抜き去っていた。そうなると、どの局もコント55号が欲しくて仕方なくなる。かつて、浅井が売り込みに行っても、「会議中だから」と会ってくれなかったプロデューサーが、続々と「ぜひ会いたい」と連絡をよこして来た。もはや、浅井がアクセクと局回りをしなくても、次から次へと出演依頼の電話がかかってくるのだ。

ＴＢＳ火曜午後7時半ワクの出演も、局側のたっての要望で決まった。実はこのワク、コント55号と並んでメキメキ売り出したザ・ドリフターズの初メイン番組『進め！ ドリフターズ』を放送中だったのだが、番組の体操の場面でリーダー・いかりや長介が大ケガをしたのがもとで続行不可能となり、「ドリフの穴を埋められるのはコント55号しかない」となって、白羽の矢が立ったのだ。やはり人気歌手として輝いていた水前寺清子とのダブルメインで、タイトルは『チータ55号』。

すでにこの時、勢いのある若手としてドリフと55号はライバル関係となりつつあったわけだ。

ギャラも一気にアップした。

テレビに出始めた昭和42年、コント55号のギャラは二人合わせてテレビ1本が8千円だった。それが年末くらいには1万5千円になり、年明けには3万円にアップしていた。その当時の大学卒の初任給が3万円前後であるのを考えれば、これでもそこそこは高い。

だが、『チータ55号』の出演依頼があった際、浅井は素直に3万円据え置きのギャラでＯＫする気はなかった。今の55号の勢いをもってすれば、さらなる上昇は当然だ。

局側も、浅井の要求は当然のこととして受け入れた。担当プロデューサーの答えも明快だった。

「出来るだけお望みの通りにします。で、いったい1本いくらくらいをお考えで？」

浅井は迷った。一気に10万、といきたいところだったが、いきなりそれはないだろう。8千円、1万5千円、3万円とほぼ倍々できたから、ここは6万円あたりを要求すべきか？　いや、とりあえず2万アップで5万円くらいが妥当な線か。

「せめて、これくらいは」

浅井は、右手を思い切り開いて「5」を示した。

「わかりました。それくらいなら出しましょう」

スタート後、銀行で入金を確認すると、1本50万円振り込まれていた。

横浜の能見台の家や、もともとあったささやかな財産も差し押さえを食い、四方八方借金だらけだった浅井の経済状態も、たちまち好転に向かっていく。銀行に行くたびに入金がたまっていき、かといって、浅井企画そのものは社長の浅井と、コント55号、「コント0番地」を組んだばかりの車と岩田、それに電話を受けるデスクの社員が2～3人いるだけ。利潤が上がらないはずがない。調子に乗って、浅井、欽一、坂上が300万円づつ分け合い、翌年、忘れた頃に税金の請求がドッときて支払いに四苦八苦した、なんて景気がいいんだか間抜けなんだかわからない話もある。

浅井の賭けは、想像していた以上の成功に向かって進んでいた。

○

『お昼のゴールデンショー』で人気を集め出していた頃、コント55号は日本テレビのある番組にゲストとして呼ばれた。

『九ちゃん』というタイトルで、演出は『光子の窓』『あなたと良重』『夜をあなたに』など、数多くのヒット・バラエティを生み出した敏腕プロデューサー・井原高忠だ。

彼の番組の特徴はキチッとした台本を揃え、しっかりとしたリハーサルをした上で完成させる。そのためには手間も金も惜しまない。

たとえば『九ちゃん』であれば、作家陣には今をときめく井上ひさし、小林信彦、それに『シャボン玉ホリデー』などの河野洋、フジテレビの『サンデー志ん朝』などをヒットさせた城悠輔ら、トップクラスを集めて、合作で台本を書かせていた。

リハーサルも、新宿の日本テレビがもっているリハーサルルームにメインの坂本九以下、出演者からダンサーもすべて集め、ダンスはダンス、コーラスはコーラスとパートごとの稽古をきっちり積んだ上で本番に臨んだ。笑いも、ダンスも、歌も、徹底的に構築されたものでなくては井原は満足できなかったのだ。「まず演者を乗せるために自由自在にやってもらう」という常田のやり方とは正反対。井原には、バラエティに関しては、出演者よりも自分の方がプロだ、という強固な自信があった。

その井原がコント55号を呼んだ。台本からどんどん離れていく彼らの笑いが、自分たちの作り上げた「構築されたお笑い」とどう融合するか、試してみたくなったのだ。

ところが、初対面のリハーサルで、いきなり両者はぶつかってしまう。

コントのリハーサルというば、当日の本番前にしかやらないのが普通のコント55号は、突然の呼び出しでやや戸惑っている。しかも急に仕事の負担が大きくなって体もクタクタだ。リハーサルルームにつくなり、うたた寝を始めたのも、無理からぬことかもしれない。また、「人気者」コント55号がもし居眠りをしても、正面から「コノヤロー！」と怒るテレビマンは、すでにほとんどいなかった。テレビ局はいつの時代も人気者には甘いのだ。

それを井原はした。15分待っても起きないのに怒りは頂点に達し、

「てめーら！　何様だと思ってる！　バカヤロー！　九ちゃんだって待ってんだ！」

その通りだった。コント55号の稽古に場所を譲るため、坂本九もレギュラーで出ていたてんぷくトリオも、全員、真ん中の場所を空けていたのだ。

突然のドナリ声に驚いて起き上がった二人は、しかし台本はロクに覚えてはいない。動きと間で見せるコント55号のコントが台本だけですべて書き表わせるわけがない、と割り切っているから、設定だけもらって、あとは勝手に膨らましていくのだ。

当然、セリフも動きもアドリブを多用した、いつものコントになっていく。が、それが井原には気に食わない。

「台本通りやれよ！　勝手にアドリブなんか入れるんじゃない！」

「でも、ボクたちは・・・」

「お前ら、どんだけ忙しいかは知らないけど、本も覚えないでノコノコとリハーサルに来るなんて、ふざけた真似すんじゃねー！　本を覚えて出直して来い！」

怒った井原のドナリ声は、日本テレビでも一、二を争う迫力だった。当代一の人気者だか何だか知らないが、オレの番組に出る限りはオレの流儀に従ってもらう。出演者に有無を言わさない強引さが、そこにあった。

欽一も、頭に来た。このオッサンはまるっきりオレたちの笑いを理解していない。台本通りやったって、ハズむわけがないじゃないか！　よし、「台本を覚えて来い」というのなら、徹底的に覚えて、一字一句間違わずに本番をやってみせてやろう。それでツマらなかったら、井原さん、責任はあんたにあるよ！

「わかりました」

そう言って、欽一と坂上はリハーサルルームを出て、近所のうどん屋で立て篭もった。1時間たっても、2時間たっても部屋には稽古場には戻らず、台本を何度も頭の中に入れて繰り返す。「もうそろそろどうでしょう」とADが呼びにきても、

「まだ覚えてません。一字一句覚えろ、といったのは井原さんの方なんだから、それができるまでは3時間でも4時間でも待っててください」

聞かされた井原も腕を組みつつ、

「よーし、じゃ何時間でも待ってやろうじゃないか！」

セリフは完璧に入れた。リハーサルでは、二人は井原の注文どおりにも動いた。

「やればできるじゃないか」

ととりあえず井原は満足していた。今はあまり面白くないとしても、本番で客の笑いが入ればぜんぜん違ってくるだろうと。

ところが、公開放送の本番。人気絶頂のコント55号だというので、客は一応は沸く。しかしそれは「時代の顔」としての彼らを見て喜んでいるのであって、コントを見て笑っているのではない。台本通りの彼らからは、最大の魅力であるダイナミックさがキレイに消えてなくなっているのだ。

ようやく井原も野生で野放しにするべき動物を檻に入れてしまった愚に気付いた。舞台下手の奥で、終わって幕が閉まった時、井原は素直に、

「ごめん、欽ちゃん。今度やる時は、欽ちゃんがもっと面白くなるやり方でやろうね」

と欽一に謝った。井原は、自分のやり方でとことんまでツッパルが、それが間違いだとわかった瞬間、それまでの行きがかりを捨ててすっぱりと改める。

「いいですよ。井原さんが二度と怒らないって約束してくれるなら、やりましょう」

「わかった。もう怒らない」

テレビ界一番の頑固者・井原高忠がようやく自分たちのスタイルを理解してくれたことが欽一には嬉しかった。

その年の7月、コント55号の人気を決定的にする番組が生まれている。フジテレビ土曜8時の『コント55号の世界は笑う！』だ。

○

これは、当時のテレビ界を見ても異例中の異例番組といっていい。

まず何が異例かといって、その頃、土曜の午後8時というゴールデンの中のゴールデンともいえる時間帯に、売り出し中の若手コメディアンがメインの番組を作ることが前代未聞なのだ。ざっと同時間帯の他局のラインナップを見ても、大物俳優を主演に据えた時代劇やドラマか、野球中継といったところ。中でも、松方弘樹の父として知られる近衛十四郎主演の『素浪人月影兵庫』は理屈なく楽しめる娯楽時代劇として、常時20％以上の視聴率を誇っていた。

ただメインを張るだけではない。番組制作の主導権をその出演者に任せてしまう、というのが異例だったのだ。『シャボン玉ホリデー』をはじめ、テレビ・バラエティはどこもまだ演出家がいて全体を仕切り、たとえメイン出演者であろうと演出家の指示には逆らえない映画界に近い暗黙のルールが残っていた。それをこの番組はすっ飛ばして、「さあお二人さん、ご自由にどうぞ」と放し飼いにしてしまったのだ。

異例の番組が登場するには異例の理由がある。

もとはといえば、破格の制作費を賭け、フジが土曜午後8時の1時間番組としてスタートさせた特撮ドラマ『マイティ・ジャック』が視聴率的に大コケし、一種の応急処置として出てきたのが、とりあえず若手のお笑いで穴を埋めよう、というアイデアだった。それなら制作費もあまりかからない上に、大物俳優などと違って、切りたくなったら、あっさり切れる。

ところが、メインとなる若手お笑いの第一候補はコント55号では、実はなかった。

桂高丸・菊丸と聞いても、今となっては覚えている人もほとんどいないだろう。兄弟コンビで、兄の高丸は元花篭部屋の相撲取り。とはいってもソップ型で体のキレも相撲で鍛えただけになかなか鋭く、西部劇コントなどで、従来のトリオや漫才とは一味違う、新しさとテンポの良さを見せていた。ルックスも当時のお笑いとしては整っている方で、若い女のコに騒がれる要素も持っている。

フジテレビとしては、ほぼこの高丸・菊丸で決めかけていた。

それをひっくり返したのが、誰あろう、『お昼のゴールデンショー』でも真っ先にコント55号を推した、あの常田久仁子だったのだ。

「ぜひコント55号でいかしてくれ！」

そう一言いってテコでも動かず、「もうそこまで言うなら、常田の勝手にさせてやれ！」と上役連中が下駄を預けてしまった。それくらい常田の姿勢が強硬だったのもあるし、「どうせ誰がやっても数字は取れない」と期待されていなかったのもある。

タイトルが『世界は笑う！』に決まった時にも、陰で、「この企画がコケて『世間が笑う』方が先なんじゃないの」と囁かれたくらいだ。

だが、常田の55号、ことに欽一への信頼と確信は、『お昼のゴールデンショー』の成功でますます高まっていた。「あのコ」には何かある、だからその何かを引き出してあげさえすれば、きっとこの番組はうまくいく。彼女は理屈より直感を信じた。一度信じると、迷わず走る性格だった。

これを契機に、コント55号が絶対的地位を確立したのとは対照的に、桂高丸は序々にテレビの第一線を遠ざかり、その後、演芸作家に転進。菊丸はリポーターに転じ、しばしばテレビ画面に登場している。もしも、あの時、コント55号ではなく彼らが番組を担当していたら、あるいはその後の人生は変わったものになっていたかもしれない。

○

「私はお笑いの専門家じゃないの。だから、欽ちゃん、あなたのやりたいようにやって」

常田は、番組の主導権を全面的に欽一の頭に委ねた。欽一が、

「舞台の上手下手のギリギリのところは、どうしても照明が当たりにくくて、テレビカメラで撮れないかもしれないけど、そこまで走りたい。やっていいかな?」

と聞くか、常田は躊躇なく、

「いいわよ。どうせ私、ラジオ出身だから、音声さえ取れれば大丈夫だから」

そう言っておきつつも、欽一がいなくなった後では、常田と照明担当スタッフとの、言い争いにも

近い打ち合わせがおこなわれる。

「冗談じゃないよ！　そんなとこまで走られちゃ灯りは追えないよ」

「スポットライトで、ずっと追ってったりできないわけ？」

「ムリムリ」

「無理かどうか、一度やってみせてよ！」

結局は、常田の押しによって、しぶしぶスタッフが「じゃ、やってみよう」となるのだ。常田は、せっかくメイン出演者がやりたい、といってることを、スタッフ側が自分たちの都合で止めるのはおかしい、と考えている。いい番組、ことにいいバラエティは出演者がノッていなくては決して生まれない。コント55号がどこまで気持ちよくやれるか、その環境作りをするのが自分たちの仕事なのだ。

リハーサル中でも、常田は55号のコントを見て、大笑いした。別に二人を乗せようとして笑っていたわけではない。本当に面白くて笑っていたのだが、これが二人にはとっても嬉しかった。

たとえ公開番組でも、リハーサル中はスタッフしかいない。みんな、自分の仕事のチェックや、次の段取りのことを考えているから、どんなコントを見せようが、スタッフはほとんど笑わない。これがお笑いタレントにとっては苦しい。彼らは、たとえどんな状況の中でも、笑い声がないと不安なのだ。どんなに大物であっても、客席がシーンとしていると、ビビる。芸能界でお笑いタレントほど気の小さい人たちはいない、というのは真実だ。

やがて、2分も3分もシーンと静まり返った中でリハを続けていると、やってる側はだんだん気がめいってくる。ことに心配症の欽一は、その傾向が強い。

そこへ、ドッとはじかれたような常田の笑い声が入ると、二人は救われた気分になる。

「私、今まであんまりお笑い知らなかったから、欽ちゃんたちのコントが面白くて面白くて。他の人はお笑いをいっぱい知って慣れてるから笑わないんじゃないの」

常田はサラリといってのけるのだ。

台本によってカッチリと作られた笑いではなく、欽一、坂上の二人の中から、ポンポンとアドリブが飛び出すことで生まれるハプニング性のある笑い。それを作り上げるのに、常田ほど最高のパートナーは、恐らくいなかっただろう。

『マイティ・ジャック』は6月の最終土曜でひとまず終わり、一週間、間のあいた7月13日、『コント55号の世界は笑う！』はスタートする。

その1週のすき間を埋めたのが明治座で収録された『東京ぼん太ショー』だったのも、今となると感慨が深い。

唐草模様のコスチュームを身にまとい、栃木ナマリを駆使しての田舎っぺトークを売り物にして一世を風靡したお笑いタレント・東京ぼん太。「ユメもチボーもない」「世の中いろいろあらあナ」などの流行語も生んで、映画の主役も張った彼も、コント55号の出現によって「過去の人」に追いやられたひとりだった。この『東京ぼん太ショー』を最後のピークに、転げ落ちるように人気は下降して行き、昭和60年、わずか47歳の若さで亡くなっている。過酷なサバイバル闘争ゆえか、お笑いタレントは若くして死ぬケースが多い。

『世界は笑う！』は、局関係者の悲観的予想を裏切って盛り上がり、会場となった新宿厚生年金ホールは、収録のたびに超満員。すぐに視聴率も合格点をはるかに超える20％台を獲得していた。

常田久仁子の直感が、「世間は笑う」と噂した陰の声に勝ったのだ。今度は彼女の側が、その噂した人たちを笑う番になった。

○

気がつけば、あの浅草のフランス座の楽屋で、そして喫茶店「ブロンディ」で、欽一がいつも見つづけてきた「日本一のコメディアン」になる夢は果たされていた。

だが、欽一も坂上も、浅井も、その成功の喜びに浸る余裕もない。何しろ昭和43年の7月にはレギュラーは『お昼のゴールデンショー』の他に『世界は笑う！』『チータ55号』『お笑いモダン亭』（日本テレビ系）と4本に増え、さらにゲスト出演も数知れず。

最高で何とテレビが1日15本という過密スケジュールになっていたからだ。

深夜、家に帰り、わずかに残った睡眠時間を前に、欽一は必ずまた星に願いをかける。

「日本一になれて、ありがとうございました。今度は世界一のコメディアンにしてください」

そうやって元気を取り戻し、また翌日、欽一は坂上と、こう声をかけあって舞台に飛び出していくのだ。

「いくよ、二郎さん」

「はいな、欽ちゃん」

第13章　車椅子でも出て！

昭和43年、日本中を巻き込んだ「コント55号」台風は、翌年も、またその翌年も吹き荒れた。45年には、実にテレビのレギュラーが週13本。その間に、映画の撮影や地方での公演をこなす殺人的な日々が続く。断っても断っても、またオファーが山のように来る。

二人が疲れてしまったのは当然だった。「コント55号」としての活動に疲れた。

やがて、ごく自然に、お互いが別の道に進み始める。

欽一はラジオ番組『欽ちゃんのドンといってみよう！』が『欽ちゃんのドンとやってみよう！』としてテレビ進出したのを皮切りに、昭和50年代、数多くの人気番組を手掛けて「欽ちゃん時代」を生み出す。

坂上も昭和46年、初の単独主演映画『泣いてたまるか』を撮った後、テレビドラマ『夜明けの刑事』の主役を張るなど、「コント55号の二郎さん」ではなく、「俳優・坂上二郎」として名を上げていく。

49年発売のレコード『学校の先生』も大ヒット。かつて望んでいた流行歌手の仲間入りも果たした。

そして誰もが、もはや「コント55号は解散した」と思い込んでいた平成3年、突如、二人のあのコントが復活した。

銀座・博品館劇場で行われた『やっぱりコント55号』だ。

「別に55号は解散したわけじゃない。ただ、一緒にやる機会がなかっただけ」

そう言い続けてきた二人が、身をもってその言葉を証明したのだ。

観客は熱狂して「帰ってきた」二人を迎えた。さすがに若き日の激しい動きはなかったものの、スピード感あふれた掛け合いはまだまだ失われていなかった。

二人が元気なら、いつだって「55号」はやれる。本人たちも、周囲も、コント55号を愛したファンたちも、みんなそう信じた。だから、お互いの気が向いたら、またやってくれたらいいさ、と。

ところが、思わぬ危機がやってきた。


前兆は2日前に起きていた。

坂上は、当時住んでいた練馬のご近所さんたちと、カラオケを楽しんでいた時のこと。ビールをついでもらうためにコップを差し出した手が、ふいに激しく震えだしたのだ。おかしいな、とその場では思ったものの、すぐに忘れてしまった。

そして平成15年9月25日。突然、坂上の体に病魔が襲いかかった。

埼玉の花園インターに近い平成倶楽部というゴルフ場でプレーを楽しんでいた最中だった。霧雨の中、半袖のゴルフウェアで下着もつけずにコースを回っていたら、なぜか、まったくクラブを持つ左手がいうことをきかなくなってしまった。

脳梗塞だった。

すぐに救急車が呼ばれて、坂上はそのまま病院に運ばれていく。

症状は意外に重かった。会話らしきものができるまでに一週間かかった。

坂上といえば、両手を顔の前に持ってきて指を動かす「飛びます、飛びます」の持ちギャグがよく知られている。だが、とても出来ない。だいいち口の呂律が回らない。

リハビリが始まった。まずやったのがタオルの上に大豆を蒔き、それを、自由に動かせない左手の指でつまんで箱の中に入れる訓練。末梢神経の活動を衰えさせないようにするわけだ。日常生活も、食事から、着替えから、すべてがリハビリだ。

実は、すでに16年6月、明治座でコント55号がメインの1カ月公演が決まっていたのだ。15年2月に、久々に55号がメインの1カ月の公演を打つと、連日超満員。すぐに次回も、となったのだった。

もちろん坂上も舞台に立ちたい。だが、15年11月、ようやく病院を退院し、自宅に戻ったとはいえ、残り半年あまりで、果たしてそこまで体が回復するか、まったく自信はなかった。

ただ日常生活が出来るようになればいいのではない。1か月舞台が務まる体力をつけなくてはいけないのだ。

左手が不自由で食事もうまくできない。お風呂にも妻・瑤子の手助けがないと、うまく入れない。イライラがつのって妻に八つ当たりするために、彼女の方が今度は体を壊して倒れそうになる。

ようやくリハビリの専門家である理学療法士に来てもらうことになって妻の負担は軽くなったものの、16年の2月ころの時点では、とても舞台には出られそうにない状態だった。食事をしてもご飯はこぼすし、靴も左足はうまくはけないし、日常生活自体がおぼつかない。

ボイストレーニングを始めたものの、声は出ないいし、呂律もやはり回らない。

これはもう舞台は無理かな、と諦めかけていたところへ、欽一のこんな一言が、坂上の耳に入ってきた。

「二郎さんには、車椅子でも出てほしい」

坂上は、無性に腹が立ってきた。毎日、キツいリハビリを続けている自分に対して、「がんばって」とやさしい言葉でもかけてくれるのならともかく、「車椅子でも出ろ」はないだろ。それが何十年も続いたコンビの相方に言うセリフか。

そこまで言われたら、意地でもよくなってやる！

そうやって前以上にリハビリに取り組んだ時、坂上にはやっと欽一の真意に気づいた。これがもし、「病気か、大変だね、舞台、出なくていいよ」

とあっさり諦められたらどうだろう。たぶん自分は、もう俺は必要とされてないんだ、とガッカリして病気を治す意欲もなくなってしまうだろう。つまり、あの一言は「二郎さん、やっぱりあんたが必要なんだよ。舞台で会おうね」という欽一なりの激励の言葉なのだ。

リハビリのペースは上がった。欽一とは、5月6日、記者会見の前に久しぶりに顔を合わせたが、そこで病気の報告と簡単な舞台の打ち合わせをした。ただし「車椅子」発言については、一言も語らなかった。


稽古場では、不安だらけだった。

55号はアドリブ主体と言っても、やはり重要なキッカケゼリフはある。それで欽一に、

「二郎さん、このセリフ覚えといて」

ところが、若いころからセリフ覚えがいいのが自慢だった坂上が、なかなか覚えられない。気が付くとすぐに忘れている。

セリフもよく飛ぶので、欽一は何度も、

「じゃ、このセリフはカットしよう」

と決断するしかなかった。

しかも芝居の流れがいつになっても頭に入らないため、出番のキッカケがなかなか覚えられない。欽一以外の出演者との掛け合いもうまく出来ない。

それでもう、坂上の出演シーンはほぼ欽一との掛け合いに絞っていくことになったのだが、走ったり、倒れたりいろいろ動きを入れようとすれば、すぐ息が上がってしまう。呂律もまだまだ十分に回っ

ていない。

だが、動きのない55号は55号じゃない。

坂上も必死で稽古した。欽一に頼み込んで1日1時間限定だったが、それでもリハビリの何倍も疲れた。


16年6月1日。初日。

出し物は『冴(こだま)、来る』というタイトルの時代物。坂上の役は扇子を手にしながら、夜のお江戸を歌って歩く「新内流し」。本番前日の、関係者だけが見るゲネプロでは、たとえ坂上が登場しても客席はシーンとしたまま。

これが坂上を不安に陥れた。本番でもこんな空気だったら、どうしようか?

セリフはちゃんとしゃべれるか? 倒れずにすべての動きが出来るか? しっかり決まった通りに登場、退場ができるか?

もう不安は次から次へと襲ってくる。だが最初の出番は刻々と近づいてくる。衣装を着けて、楽屋から舞台袖へ。

そこで坂上はふっと考えた。手には持ち道具の扇子。だったら最初はこれで顔を隠して出たら面白いんじゃないか。ウケるかどうかはわからない。でも、何もしないよりはまだ、心が落ち着く。

舞台は暗転から明転へ。上手(観客から見て右側)から欽一のいる舞台中央に、扇子で顔を隠して登場する坂上。

それで、スッと扇子をはずして顔を見せた時の客席の反応を、坂上本人も「芸能生活で最高の瞬間だったかもしれない」と振り返る。

凄かったのだ。場内割れんばかりのどよめきで、本当に劇場の屋根がすっ飛んでしまうんじゃないかというほど。観客はみんな坂上の病気のことをよく知っていて、驚きと祝福を込めて、拍手と歓声を送ったのだ。

調子に乗った坂上も、

「心配をおかけしました。この通り、元気になりましたよ」

とステップを踏んで下手に退場。


どんな薬よりも役者にとっては舞台の喝采が薬になる。

一度ウケてしまうと、坂上はすぐに往年の輝きを取り戻していく。

たとえば途中の出番で、舞台上、役名「二郎吉」の坂上がセットの片隅にたたずんでいると、真ん中で芝居をしていた欽一が気づいて、

「なんだ、二郎吉さん、そこで黙って座っててんじゃないよ」

声をかけられた坂上は、手に持ったペットボトルにストローを入れて水を飲んでる。

「仕方ないんだ。体のために一日2リットルも水を飲まなきゃいけないの」

それだけでドッと受ける。

さらにまた水をチューチュー吸う。それで客席が大爆笑。時代劇なのにペットボトルなんてそもそもおかしいのに、お構いなし。もう観客はコント55号ワールドを心から楽しんでいる。

坂上はアドリブもどんどん出るようになった。

普通に出入りする戸口からでなくて、横から入っていって、

「自動ドアならぬ、ジロードア」

なんてシャレてみたり。呂律も回るようになり、体も動くようになった坂上に、最初は手加減していた欽一の「ドツキ」も、次第に昔に戻っていった。

あのフランス座以来の、ふたりのドツキ合いが、40年たった明治座の舞台で復活したわけだ。

欽一は、公演の最初のころには、よく坂上の楽屋に顔を出した。ほぼ毎日といってもいいくらいだった。坂上が欽一の楽屋を訪ねることはまったくなかったので、ほぼ一方通行だった。一番良く来たのが、昼公演と夜公演の間で、坂上がお客さんの応対をしているような時間帯だった。

だいたいは「ね、ちょっと話があるんだけど」とやってきて、新しいアイデアを言ったり、「二郎さんの出番をこう変えたい」と提案して来たり。

しかし、欽一は決して「身体の具合、どう?」とは聞いてこない。舞台に出るからには病気も何も関係ない、という固い信念があるからだろう。「病人扱い」は、なしなのだ。

せっかく打ち合わせしても、坂上は忘れっぽくなって、その通りに出来ないケースもたびたびあっ

た。それでも欽一は、懲りずに坂上との打ち合わせにやってくる。

「やれる限りは全力を尽くして」

の、いわばメッセージだった。

「ほら、このシーンは『帽子屋』の感じで行こう」

「わかった、『帽子屋』ね」

これで話が通じてしまうのだから、やはり55号なのだ。

後半になって芝居が固まってくると、欽一は坂上の楽屋を訪ねることはめっきり少なくなった。

結局二人は、公演中、芝居の段取りの話以外はほぼしていない。「おはよう」の挨拶さえもほとんど交わしていない。

そういう関係なのだ。

普段、面と向かって話したりもしないし、互いの家の電話番号さえ知らない。でも、いざ一緒に舞台に立ちさえすれば、合わせる気がなくても、自然に呼吸が合ってしまう。40年の歴史があるのだ。

「あ、これは『机』でいけばいいな」

となったら、もう以心伝心なのだ。

やがて、とうとう千秋楽。

坂上は、病に倒れてからの9か月の日々を思って、さすがに平静ではいられなかった。ろくに口も回らなかった発症直後から、リハビリもうまく進まずほぼボロボロ状態だった1、2月ころ、ようやく記者会見にはのぞめたものの、段取りを聞くそばからすぐに忘れてしまった稽古場・・・。本番が始まっても、左手が硬直し、2度目の発作かと慌てたこともあったし、疲労が重なって、一度寝たらもう起き上がれない恐怖にさいなまされたこともあった。

ようやく終わる。

気持ちが高揚して、楽日、最後の公演が始まる前、ついに普段は決して行かない欽一の楽屋に、坂上は「ありがとう」の一言が言いたくて、挨拶に出向いた。

驚いたのは欽一だ。絶対に来るはずのない人物が急に入ってきたのだから。

「欽ちゃん、今回は本当にありがとう」

みるみる感情が高ぶって、坂上は涙を流し始めた。

「車椅子でも出ろ」と言われ、ちょっとだけ反発したこともあった。でも、坂上はわかっている。欽一だからこそ、言ってくれたのだ。別に自分が出なくても、欽ちゃんがやるなら共演者も集まるし、芝居だってやれる。そこを「二郎さんには絶対に出てもらう」というのは、一緒に「コント55号」を作り上げた唯一無二の僚友に対する「ぜひ現役でやってほしい」との欽一なりの強烈なメッセージなのだ。

もしもこの舞台がなかったら、坂上はそのまま現役を離れて、2度と舞台には復帰できなかったろう。

最後のカーテンコール、また感情が込み上げて泣いてしまった坂上の肩を、欽一がしっかりと抱きしめていた。

平成19年2月、2人は再び明治座公演『仇討ち物語・でんでん虫』で共演を果たす。

これもまた好評で、21年正月の明治座公演『あらん　はらん　しらん』でも二人は同じ舞台に立った。

もっとも、もはや欽一は坂上に設定や段取りにそって動いてもらうのは諦めていた。とにかく舞台に出てもらって、勝手に動き、勝手に去っていくのを見守る。それで、ときどきツッコミを入れるのだ。

舞台上を横切る坂上に、欽一は、「二郎さん、なにしてんの？」

すると坂上はこう答える。

「リハビリ」

それだけで客席はドッと沸き返る。

だが、平成23年正月の明治座の舞台に、ついに坂上は立つことが出来なかった。

欽一はギリギリまで坂上の復活を信じていたが、結局は「声の出演」だけにとどめるしかなかった。

そこまで病気は進行していたのだ。

そして23年3月10日、坂上は静かに息を引き取った。直後、欽一は報道陣を前にして、こう答えている。

「コント55号は幕引きです。でもぼくは名残惜しいから、ときどき、テレビで『元コント55号の欽ちゃんです』とアドリブを飛ばすかもしれない」

確かに「コント55号」は幕を引いた。

だが、世の中の常識を破り、すさまじいアクションで日本中を笑いで包んだ男たちの「コント55号伝説」は、永遠に終わらない。

山中伊知郎

昭和29年生まれ。早稲田大学法学部卒業。
テレビドラマのシナリオ、バラエティの構成などを手掛けた後、『週刊プレイボーイ』『アサヒ芸能』などでコラムを連載。関根勤率いる劇団「カンコンキンシアター」にも20年間在籍した。著書は『関根勤は天才なのだ』(風塵社)『「お笑いタレント化」社会』(祥伝社新書)『元気になる毒蝮三太夫語録』(山中企画)など多数。

改訂版　小説・コント55号

2016年10月31日初版発行

著　者◆山中伊知郎
発　行◆(株)山中企画
〒114-0024 東京都北区西ヶ原3-41-11
TEL03-6903-6381　FAX03-6903-6382
発売元・(株)星雲社
〒112-0005　東京都文京区水道1-3-30
TEL03-3868-3275　FAX03-3868-6588

印刷所◆モリモト印刷
※定価はカバーに表示してあります。
ISBN978-4-434-22613-7　C0076